CHARA
ME

……ちょっと楽しいかも！

やっぱアタシが
一番っしょ

勅令
CHARACTER NAME
ナナ

これで
いいのでしょうか……？
CHARACTER NAME
エリム

CONTENTS

# ベノム4
## 求愛性少女症候群

城崎
原作・監修：かいりきベア

MF文庫J

口絵・本文イラスト●のう
原作・監修●かいりきベア

# ◆プロローグ

アタシの承認欲求は、またふつふつと大きくなっているらしい。

求愛性少女症候群という悪夢みたいな現象は、まだまだ続くようだ。

今日の撮影中のことだ。順調に撮影が出来ていると思っていた時に、カメラマンさんが苦い顔をして私の顔をじっと見つめてきた。

さっきまで明るい顔で撮影をしていたのに、どうして？

撮影中だって分かってはいても、動揺が隠せない。

何かこちらに不手際があったんだろうか？

だとしたらどうしよう。

どれがそれだか分からないから、改善のしようがない。

改善の余地がないことほど、困ることもない……とりあえず何かをしようと思っても、余計に悪くなったらどうしようと思って動けなくなった。

「えっと、なにかありましたか？」

だからアタシは、素直に聞いてみる。

カメラマンさんは苦い顔をしたまま、鏡のほうを指差した。

「いや……ちょっとナナちゃん、鏡見てもらえる？」

「鏡？　ですか？」

そう言われて鏡を見た時には、まるで最初からそこにあるのが自然とでも言いたげにハートマークが二つ並んでいた。

アタシは思わず大きな声をあげてしまいそうだったけれど、なんとか堪《こら》えた。

どうしてと叫ばなかったのは、えらいと褒められていいと思う。

ちょうどその時には、撮影が終盤だったことはかなりの救いかもしれない。

「求愛性少女症候群だよね？　何回か見たことあるから分かるよ。途中までハートマークなんてなかったって、流石《さすが》に覚えてるし……」

カメラマンさんは、苦笑しながら言葉を続ける。

「とりあえず今日はもう終わりにするから、帰ってからゆっくり休んでね」

「すみません……」

その時のアタシは、一言謝ることしか出来なかった。

こんな形で撮影を終わらせることが、とにかく悔しかった。

「謝らなくていいけど、次までにはなくなってると嬉《うれ》しいかな」

「分かりました」

今の雑誌の傾向からして、瞳にハートマークが浮かんでいるような写真はあまり喜ばれないだろうことはすぐに分かった。

だから、悔しくて手を握りしめる力が余分に入ってしまう。

後で見たら、爪の痕がくっきりと残っているかもしれない……そんな痕だったら、すぐに消えるからいいよね？

「ありがとうございました。お疲れ様でした」

出来るだけ感謝の念は込めたつもりだけど、出てくる言葉が機械的になることは避けられなかった。

なんだか情けなくて、その場から逃げるように立ち去り衣装も急いで着替えて、撮影所から出た。

まだ日は高い。

「あーあ……」

ため息。どうして、また出てくるの。

不本意な早めの帰り道で、道端に転がっていた石を蹴り上げる。石はそのまま壁に当たって、パラパラと砕けた。

もう消えたって思っていたのに。最悪……。

でも、「どうしてまた承認欲求が大きくなっているのか」。

その理由は、自分で分かっている。だからこそ、余計に情けないのだ。

性懲《しょうこ》りもなく、また好きな人を作ってしまった。

でも高校生だもん。好きな人くらい出来てもなんにもおかしなことなんてないよね？

症候群がおかしいんだから！

今度の相手は、誰からも好かれているお調子者みたいなキャラ……と見せかけて、陰では苦労しているらしい人だ。

ひょんなことから彼の陰の部分を見てしまったアタシは、こんなキャラの人にも陰があるのかと驚いた。

それから何回か話をしている間に、いつの間にか恋に落ちてしまっていた。

単純？

恋なんて、落ちる時は一瞬でしょ。地獄も一緒かもしれないけど。

……って、誰に話してるワケでもないのに、なんで言い訳してるんだろう。

ＳＮＳで発言しようとするたびに、炎上なんかしたりしないように言葉を選んでいるから、そういう思考回路が影響しているのかもしれない。

アハ、依存症真っ最中♪

とにかく、陰の部分を見せてくれるってことは、アタシに気があるのでは?と思っている。

しかし誰からも好かれているから、昼間は滅多《めった》に近づくことが出来なくてマジで困っている。本当に困る。ただ近くにいたいってだけなのに、それすら叶《かな》わないんだもん。

なんとアタシが近づこうとすると、周りにいる主に女子たちが彼を遠ざけようとしてくる!

勘がいいというか、なんというか。

そんなことするよりも、自分磨きしたほうがよっぽどいいじゃんって思うんだけどね。

そういうことしか出来ないのってカワイソ。

時々、放課後の誰もいなくなった教室で話している時が、今は一番の幸せだ。

……やっぱり、本当に単純なのかもしれない。

だって好きなんだもん!　仕方ないじゃん?

そんな相手の特別になりたいと、願ってしまった。

つまり承認してほしい人は一人だけ。

でも、その人に承認してもらうのが一番難しいワケで。

だからこそ、ハートマークが浮き出てくる羽目になっているんだろう。

そしてもう一つ……どうしてだか近くにいる男子から好かれてしまったのも、もしかしたら関係しているのかもしれない。

これは完全に事故だから、あんまり気にしてなかったけど……表面上はそう思っているだけで、自分の内側ではありえないくらいのストレスになっていたりするのかも。

もしくは、ものすごく嬉《うれ》しいとか？

あんまりピンとこないから、前者のほうがきっと近いんだろう。

どちらにせよ、好きでいることをやめてもらうことなんて出来っこない。

私だって、好きでいることをやめろってハートマークに言われてるようなものだけど、そんなの無理だ。

だから、そのまま好きにさせているけど……もしも症候群の原因になっているんだとしたら、即刻やめてもらいたい。

どうなんだろう！

どれが原因の正解か分かんない！

とりあえず、次回の撮影までに症候群をどうにかしていなきゃ！

本気で、どうにかしなきゃいけない。

うう。なんでこんな症状があって、アタシが苦しまなきゃいけないの……。
とにかく症候群さえ消えてくれたら、それだけでいいのに。
どうしてこうなんだろう。

## ◆露出過多少女の恋

今日の放課後は、運良く彼が残っていた。

彼は人気者だから、当然のことながら学校終わりの遊びに誘われることも多い。

それなのにそれを断ってわざわざ誰もいない教室に残っているところから、脈ありって感じがする。

これで脈がなかったら、マジで何？ってカンジ。

都合のいい話相手だとかって思われてたらヤバいって。

アタシのことなんだと思ってるんだろう？　天下のナナ様だぞ？

……ま、最悪な仮定に対してそんなに怒ってもしょうがないよね。

ここは前向きに仮定していこう、どうせなら。

脈はある。相手が特殊なアタシだから、どう踏み出せばいいかまだ分かってないだけ。

きっとそう！

面倒でホームルームに出てなかったアタシが荷物を取りに戻ってきたところで、物憂げに机の上で腕を組んでいる彼に遭遇した。

その姿も様になっていると思ってしまうのは、アタシが彼に惚《ほ》れ込んでしまっているからなんだろうか。

いやいや……自分で惚れ込んでしまっているからとか考えちゃったけど、我ながら恥ずかしい。

まだそこまでじゃないし。って否定するのもなんかあれだし。

あーもう、ホントに思考を掻《か》き乱されてるってカンジ！

これが嫌じゃないのもなんだかなー！

「ん、お疲れ様」

彼はいつもの第一声で、アタシに声をかけてきた。

アタシは彼の前の席に彼の方を向いて座りながら、あえて「ホームルーム、お疲れ様」と返した。

「いや、ほんと、なんでホームルーム出ないし」

彼はくすくすと笑いながらそう言う。

その笑い方もかわいく見えてしまうのは重症なんだろうか。

でも、こういう時にくすくす笑う彼は本当にかわいいのだ。

百人いたら、百人がそう思うだろう。そうに違いない。

「だってメンドーじゃん。大したこと言わないのに、時間だけ取るしさ」

「それは言えてるかもしれんけど」

「でしょー？　出てる方がすごいよ。だからお疲れ様」

「ふは。あんま褒められてる気がしない辺り、さすがナナちゃんって感じする」

「なにそれ。それこそ褒められてる気しないんだけど！」

名前を呼ばれたことに内心で喜んでいることを悟られないように、彼の肩をバシッと軽めに叩《たた》いた。

こういう軽いスキンシップも大事だよね。何より、拒まれたことがない。

その事実に口の端が不自然に吊《つ》り上がりそうになるのを、必死に堪《こら》える。

彼と話していると、いつもこうだ。

そのせいで変な筋肉が鍛えられそうで、ちょっと困る。

「なんか考えてたっぽいけど、今日もなんか悩み事？」

「うーん、悩み事っていうかさ……」

彼は顎に手を当てて、考える素振りを見せる。

悩み事じゃないとしても、そんな風に考えてるってことは悩み事じゃないの、なんて茶々は入れない。

普段のアタシだったらすぐにそんなことを言ってしまうだろうけど、今入れたら彼の本心に迫れなくなってしまう。そうなったら嫌だ。

どうせなら、彼の本当に迫りたい。

アタシは嘘《うそ》ばっかりかもしれないけど、だからこそ人の本当に迫ることが好意の表れのように思えるからだ。

「ナナちゃんって、人と話す時ってなに考えてる？」

「え？　うーん。相手のことじゃないの？」

「……ほんとに？　俺と話してる時、俺のこと考えてる？」

「考えてる考えてる」

なんなら話してない時もキミのことを考えてますよ、とまで言う勇気はない。

それはもう、ほとんど告白と一緒じゃない？

どうせ告白するなら、もっといいタイミングを見計らいたい。

一番いいのは、彼の方からロマンチックなタイミングで告白されることだけど……。

ロマンチックな演出が彼に出来るかは置いておいて、告白とかは自分からするタイプなんだろうか？

うーん……。

あんまり想像が出来ないのは、まだ彼のことをあんまり知らないからなのかな？

もっと知れば、あるいは……。

「ほんとかなー。なんかいっつも軽く流されてるから、別のこと考えてるものだと思ってた」

「そんなの心外なんだけどー」

本当に心外だ。

こっちはキミのことばかり考えてしまうっていうのに！

でも、こっちの考えが伝わっていないことに安堵《あんど》している自分もいる。

あんまり考えてるって思われたくないっていうか、重いって思われたくないっていうか……、それはそれで相手のことなんてどうでもいいって思ってるみたいでやっぱり嫌かな？

もうちょっと真剣になるべき？

いや、これでも結構真剣なんだけど、あんまり深刻になり過ぎても変だろうし……。

もう、ゲームみたいに好感度が見えたらいいのに。

それで今好感度あんまりないって分かったらショックだろうな……。

今と変わらず、見えないほうがいいのかもしれない。

思考がぐるぐる回ってきたけど、今は彼の話をきちんと聞かないと。

「それで、キミも相手のこと考えてるの？」

「うーん……考え過ぎてるのかもしれないって、最近思いはじめたってわけ」

「考え過ぎてる？」

相手のことを考えないっていうのはよく聞くけど、考え過ぎてるっていうのは一体どういうコト？

「そうそう。その上で俺はただ、自分が想像出来る中で相手が望んでいる返答をしているだけなんじゃないかって」

「望んでいる返答？」

「……自分が、無いんじゃないかって」

すごく悲しそうに話すけど、アタシはそんな風には思わないからなんだかなって思っちゃう。

「そんなことないよ、うん」

そうだとしたら、アタシに対して今すぐ告白してなきゃおかしい。

「……すぐに答えられるくらい、ナナちゃんはそう思うんだ」

「うん」

「どうして？」

彼は驚いた表情で、アタシの方を見てくる。

「どうしてって……」

自分がないってことを否定されたのが、よっぽど意外だったのかな？

自分がないワケないのに。

「いや、アタシの望んでいる言葉も分かってない人が言っていいセリフじゃないでしょ、それ」

「何それ？　ナナちゃんの望んでる言葉？　かわいいよとか？」

「そ、れは当たり前だから今更ってカンジ」

「だよね。言うと思った」

動揺して変なところで区切ってしまった。

表情を変えないようにして、全然動揺なんてしてないですよアピールを試みる。

出来てる？　出来てるか彼以外の何かに判定してほしい。うあー！

「それ以外の褒め言葉……？　いや、褒め言葉じゃない可能性もあるのか」

いや、褒められるのはそれはそれで嬉《うれ》しいけど感情がこもってなきゃ嬉しくないっていうかなんていうか。

さっきのは感情が入ってた？

一瞬だったから、よく覚えてない。

なんでちゃんと記憶しないかなアタシは！　もう！

「じゃあ確かに、俺は望んでいる返答をしているだけってワケじゃなかったね。ちゃんと俺があるって分かって、安心したよ」

良かったーとこぼす彼は、本当に安心しているようだった。

アタシの言葉でそこまで安心してくれるってことは、それだけ信頼してくれてるってことなんだろう。

率直に言って嬉しい。

「ねえねえ」

「うん？」

「ナナちゃんを忌避《きひ》している人は多いけど、実際話してみるといい子だよね？　それとも俺の前だけ？」

「確かに。いい子なのは、キミの前だけかも」

「アハハ。だとしたら、ちょっと面白いかも」

「いや、なんで面白いの？」

そこでそんな風にクスクスと笑われるのは心外だ。

「いやだって、こんな暗いこと言ってばっかりの俺なのにいい子でいてくれるなんて、まるで俺のこと好きみたいじゃん？」

「そんなワケないじゃん」

咄嗟《とっさ》に否定してしまった。しかも、結構きつめの口調で。

否定しないほうが良かったかもしれないと、すぐに頭の隅が考える。

私の内側なんて知らない彼は気にすることなく、だよねと同調した。

「ナナちゃんが俺みたいな普通の、ちょっと病んでるかもしれない男なんて相手にするわけないよね」

「普通なのは否定しないけど、そう簡単に病んでるなんて言わないほうがいいよ」

「それもそっかーごめん」

なんて叱ってみたりするけど、頭の中はどうして否定してしまったんだろうってことばかりになってしまってもうダメだった。

好きって、冗談めかして言うとか。他にも言葉はたくさんあったのに。

まるで小学生みたいな反応をしてしまった自分が恥ずかしい。

それ以降に喋《しゃべ》った内容も覚えてないし、なんならいつの間にか家に帰っていた。

帰り際の彼に手を振ったかすら思い出せない。

いつも手を振ってるのに振らなかったら変だし、なんか変に考え込むって姿も見せたくないし!?

でも本当にどうだったか思い出せなくて、髪を洗うついでに頭をかきむしってしまう。

「あーもう!」

浴室だから変に反響して聞こえるのも、今は何となく嫌だった。

「反響するな!」なんて無理なことを言っても、反響するのは止められない。

そもそも何で浴室の壁って反響するんだろう?

お姉ちゃんが気持ちよく歌うため?

そんなワケないよね……!?

イライラしっぱなしだったお風呂からあがって、ベッドに寝転がって考える。

アタシらしくないと思いつつも、そう考えるのを止められなかった。

「否定しないほうが、良かったかも……」

それに、段々否定することをまるで当然と思った彼にもイラだってきた。

ちょっとは動揺してくれたっていいのに。普通とか、ちょっと病んでるとかなに? 本当の闇を見せてやろうかッ!

……いやでも、最終的には自分がなんで即座に否定しちゃったんだろうってことになるんだよね。

好きな人にちょっかいかけてるのに、いざそれを指摘されるとムキになって否定する小学生みたいだ。

ていうかまさにそれで、本当に恥ずかしい。

高校生にもなってそんなことを自分がするなんて……。

「もう！　なんでこうなのかな！」

愚痴を書こうと思って、裏アカを開いた。

ここ最近は恋愛系インフルエンサーの呟《つぶや》きを見ているのもあって、アカウント自体を開いてはいる。

だから、話しかけてきた人とちょっと話してもいる。

その返信もしなきゃとメッセージボックスを開くと、割と親しく会話をしていた子から会ってみないかという誘いが来ていた。

悩みの内容からして女の子だと思っていたんだけど、どうやら男だったらしい。

このカンジで出会おうなんて言ってくるのは、男に違いない。

「結局は出会い厨《ちゅう》かー。どこの馬の骨とも分からない人間と出会わないって、フツーは」

『出会い厨はお断りです』と一刀両断したい気持ちを抑えて、『そういうのお断りしてるんです』とやんわりしたメッセージを送ってアカウントを閉じた。久しぶりだな、この感覚。面倒なことには変わりないけど。

「あ」

愚痴を書こうとしていたことに閉じてから気付いたけど、もう一度開くのが面倒でやめておいた。

スマホを適当に枕のところに置いて、寝返りを打つ。

「……なんだかなってカンジ」

もう少し上手《うま》く立ち回れるはずなのにって思いが、頭を埋め尽くす。

こんなのアタシじゃない。

アタシはもう少し、上手くやっていける。

それなのに、彼に恋してからずっとこんな調子だ。

恋なんてもうしないほうがいいのかもしれないと、頭の中にいる冷静な自分は何度も思う。

それでも好きっていう気持ちを抑えることは出来なくて、叶《かな》わないかもしれない恐怖に怯《おび》えながら相手のことを思うしか出来ない。

……こんな風にうだうだと悩んで詩的なことを言っているのも、自分に酔っているカンジがして嫌だ。

けど、こんなこと誰にも言えないから、自分で考えて納得するくらいはしたい。

納得出来てるかどうかっていうと、話は別だけどね……。

ハア……ため息しか出ない。

○

「あのさ、ナナちゃん。ちょっといい？」

その次の日の放課後は、彼はいなかった。

代わりにというように、アタシに好意を向けているらしい男子がいた。

向けているらしいというのは、どうして向けられているか全く分からなくて疑っているからだ。

それもそのはず。下心があるようにも見えない男の子ってカンジの同級生なのだ。

どうやらアタシが定期入れを拾ったとかで恩を感じて以来、付きまとう……とまではいかないけど、後をついてくるようになった。

アタシがそんなに教室にいないから、後をついて来られてない時も多いけど。

……そろそろ真面目《まじめ》に出なきゃ、単位ヤバいんだっけ？

ヤダなー。

体育とか出来る限り出たくないんだけど。

「ちょっとって何？」

「いや、話でもと思って」

「面白い話なら聞くけど」

彼は一瞬だけ瞬《まばた》きをしてから、ちょっと困ったような顔をした。

「落語でいいなら……」

「は？　落語？」

「あー、えっと。ナナちゃんみたいなイマドキの子は興味ないよね。ごめん……」

「ちょっと興味ある」

「え？」

「やれるんならやって見せてよ」

帰ろうとしていたアタシは、自分の席に戻って座り直した。

本当にちょっと興味あるのも事実だったけど、試してみたいという気持ちがあった。

アタシのコトが好きなら、そのくらいやって見せられるよね?的な。

若干悪いこととは思いつつも待っていると、彼は素直に準備をしはじめた。

ご丁寧に扇子まであるし。

こんなの持ってきてるんだ、なんか意外。

ちょっと高そうだし、もしかして本格的なカンジなんだろうか?

「この学校って、落研……みたいなのってあったっけ?」

あんまり部活動に詳しくないけど、毎年の紹介で見たことがない。あったら印象に残るだろうし、覚えているはずだ。

「ううん、ないよ。独学だから拙《つたな》いとは思うけど、面白かったら幸いかな」

そう言いながら、彼は扇子をぱちりと開いた。

アタシはその手元を見つめる。爪の先まで綺麗《きれい》に整っていた。

「それでは、話をさせてもらいます」

そう断ってから彼が喋《しゃべ》りはじめると同時に、空気が変わった気がした。

いつもの声とは違う。低く響く声音に、どこか哀愁を感じる。

抑揚のある語り口は、聞いていて心地《ここち》よかった。

アタシは、いつの間にか彼の世界に引きずり込まれていた。

気付けば、最後のオチまで聞き入っていたのだ。

「どうだった？」

「すごいじゃん。超良かったよ！」

本当に、予想外に良かった。

ちょっと見直しちゃったくらいだ。こんな特技を持ってたなんて知らなかった。

「ほんと!?」

「うん。落語って初めて聞いたけど、なんか好きかも」

それは本心からの言葉だった。よく分からない単語や人も出てきたりしたけど、それでも面白いってことは分かった。それはきっと、すごいことなんだろう。

「嬉《うれ》しいなぁ……。俺さ、小さい頃からずっと落語が好きなんだ」

「そうなんだ。すごいね」

「ナナちゃんに褒められて、本当に嬉しい」

危うく今以上に相手に興味を持ってしまいそうになるが、頭の中に例の彼のクスクスとした笑い顔を思い浮かべてやり過ごした。

危ない危ない。

でもこんなことで絆《ほだ》されそうになるアタシって、本当に単純なのかもしれない。

冷静だと思ってたんだけど、ちょっと自信なくなってきた。

「きょ、今日はもう帰るから」

「うん、また明日ね」

目の前にいる彼の笑顔からは、やっぱりそこまで魅力を感じられなかった。

彼と恋人のような関係になることは、きっとないだろう。

落語は良かったけど。それとこれとは話が別だ。

明日こそは意中の彼と話せる放課後だといいなと思いながら、学校を後にした。

○

いつものように放課後、私の方が好意を向けている彼を待っていた。

「今日の彼、どうしたんだろ……」

今日は珍しく、向こうのほうがホームルームに出ていなかった。

不思議なこともあるものだと思いながらスマホをいじりつつ待っていると、人影が二つ見えた。

……二つ？

誰か忘れ物でも取りに戻って来ているんだろうかと思った矢先に、女の声がした。

「レンヤくん！　一緒に帰ってくれる？」

「もちろーん」

レンヤくん。

それは、アタシが好意を向けている彼の名前だ。

アタシですら滅多《めった》に呼ばないのに、そんな馴《な》れ馴《な》れしく名前を呼びやがって。

そんな風に呪詛《じゅそ》が頭をよぎっていたら、そのレンヤくんと女が手を繋《つな》いで教室にやってきた。

アタシは叫んでしまいそうになるのを、必死に脚をつねりながら我慢する。

なんでこんな我慢の仕方をしなきゃならないんだろうと痛みやら何やらに咽《むせ》び泣きそうになりながらも、そのレンヤくんに話しかける。

「え、キミって彼女いたの」

あくまでも冷静に、純粋に驚いているだけという体《てい》を繕ってみせる。

「つい最近、向こうから告白されてさ。それで、付き合うことになったんだ。それで、その……」

「イチャつくの我慢出来なくて、ホームルームサボっちゃったの！」

女が、キャッとムカつく感じにキャピキャピしながら答える。

お前には聞いてないんだけど……。

イライラが止まらない。

「へぇ～そうなんだ」

結局、無難な言葉を返してしまった。

アタシらしくないと思うけど、彼の前ではいい子のままでありたがっている自分がいた。

そんなことをしても、意味なんてないのにね？

二人が荷物をまとめるのを、思わずじっと見つめてしまう。

「そんなに彼女いるの意外？」

彼は何を勘違いしているのか。そんなことを言ってくる。

そういうことじゃないんだけどと今すぐここで嫌味《いやみ》をぶちまけてやりたい気持ちをどうにか抑え込んで、アタシは頷《うなず》いた。

「うん。ちょうどいいってカンジの彼女だから意外で」

それでもちょっとくらいはいいだろうと嫌味っぽく返してみた。

けれど二人はそんな嫌味なんて気にせずに「ちょうどいいんだって」「お似合いってことだよね」とわいわい話している。

恋愛始めたて人間のポジティブ無敵モードだと分かって、アタシは笑顔が引きつるのが分かった。

今すぐ帰ってほしい。

「じゃあ、また明日学校で」

その願いは、すぐに叶《かな》えられた。

いや、二人とも帰ろうとしていたから、当然といえば当然なんだけど……。

「うん。じゃあねー」

アタシは自分が出来る精一杯の作り笑いで見送った。

いつもなら見えなくなるまで手を振ってくれる彼が、すぐに彼女の方を向いてしまったのを見て、ああ、本当に彼女なんだと改めて実感してしまう。

「……このタイミングで彼女作るか、フツー?」

アタシは大きな声を出したい欲求を抑えながら、そう呟《つぶや》いた。

思わず乱暴な口調にもなってしまうだろう。

だって、彼女がいたにしてはアタシに対して脈があるって思わせ過ぎだと思う。

あの、ちょっとだけ見せてくれた闇はなんだったんだろう?　たまたま側《そば》にいたから、話してくれただけ?

いやいや、そんなことある？

期待させるのが上手《うま》いなあ（怒）。

アタシは思わず、怒りで震えてしまう。

けれど、なんかもうどうでもいいって気持ちもあった。

ホームルームサボって彼女とイチャつくような人間だったというのがなんか、そんな程度の人間だったんだなと思わせてくる。

もう少し真面目《まじめ》で、でもちゃんと好きって表現してくれるような人だと思ってたのに。

結局目の前の彼女に飛びついてしまうような、ただの高校生だったんだ。

「……上手くいかないなぁ」

アタシの呟《つぶや》きは、誰に聞かれることもなく消えていった。

○

「ナナちゃん、良ければまた落語を聞いてもらってもいい？」

「いいけど……また？」

「新作を覚えてきたんだ。今度のも、面白いと思う」

「ふーん……」

アタシに好意を向けている彼は、アタシが意中の彼に振られたのを知っているのか、いないのか。

あの日からやけに落語を聞いてほしいと言ってくるようになっていた。

正直最初ほどの目新しさがなくなって、面白さはあんまりなくなってきていた。

それでも必死にアタシのために覚えてきている姿には、自尊心が満たされる。

だから聞ける時は、なんとなくでも聞いていた。

今日もまた彼なりに面白いと思ったらしい落語を覚えてきて、それらしく話してくれている。

……うん、正直あんまり面白いと思わなくなってきている。素直にそう伝えて、あんまり関わらないでほしいって伝えたほうがいいんだろうか？

自尊心が満たされるってだけで、好きでいてもらい続けるのも正直迷惑といえば迷惑だし……。

「あんまり分からなかった。アタシ、落語もう聞かないほうがいいかもしれない」

「そうなんだ。じゃあまた違う、分かりやすくて面白い話を探してくるね」

「そういうことじゃなくって」

アタシのイラだった口調に、彼はびくりと肩を震わせた。

それでも彼は、必死に笑顔になって言葉を繋《つな》ぐ。

「た、たまたま分からなかっただけだよね？　ナナちゃんは、定期を拾ってくれて、それを誇示しないくらい優しい人だから……」

「そんな理想を押し付けないでよ！」

彼はアタシの言葉に、さらにびくりと肩を震わせた。

さっきよりも大きな震えは、彼の心を折るのに充分だったんだろう。

顔には明らかに怯《おび》えの色が浮かんでいる。

まさかアタシがキレるなんて、思いもしていなかったのかもしれない。

でも、アタシはキレる。

気分が良くないから。

大してかわいくもない女に負けて、気が立ってるから！

「ご、ごめん……迷惑だったよね」

「うん、迷惑。落語も面白くないし、もう関わらないで」

「……分かった。ごめんね」

彼は泣きそうになりながらも頷《うなず》いて、その場から去っていった。

今のは、アタシが悪かったかもしれない。

でも、それどころじゃないのにアタシに理想を押し付けられても困るだけだ。

アタシはただ歩くのに邪魔だったから定期を拾っただけで、そこに優しさなんてものを過剰に感じないでほしい。

アタシに人並みの優しさがあるとは自分でもあんまり思っていないのに、ものすごく優しいみたいに接せられても困るだけだ。

ため息が出る。

もう、現実の男に夢見ないほうがいいのかな。

顔が見える相手は期待させるだけさせておいてそれっきりだし、理想を押し付けてきたりもするし。顔の見えない相手は、出会い厨《ちゅう》してくるし……。

みんな、アタシの良さに本心から気付かないバカばっかりだ。どうしてこんなにアタシは素敵なのに、ロクでもない人間ばかり引き寄せてしまうんだろう。

最悪だ。

男なんて、もうこりごり！

○

「はぁ……」

大きなため息が、控え室に響き渡った。

それが私から発されたものだと気付くのに、わずかに時間がかかってしまった。

「どうしたの？　ため息なんてついて」

アタシが気を抜いて出してしまったため息に、先輩であるカオリさんが反応する。

それもそのはずで、この部屋にはアタシとカオリさんしかいないのであった。

こ、このままだとまるでカオリさんといることにため息をついてしまったみたいじゃない……!?

それはいくらなんでも困る！

「い、いえあの、最近人を好きになったり好きになられたりしたんですけど……」

アタシは慌てて、口から言葉を出してそうじゃないですよということを伝えようとする。

でも、言わなくていいことを言ってしまっているような気がして顔が赤くなる。

カオリさんとはあんまり話したことがないから、距離感が掴《つか》めない……。

そんな相手にいきなりこんなことを言われたら、引かれるんじゃないか？

っていうか引かれた。絶対引かれた。

マジ終わりじゃん……。

短い間にたくさんの後悔をしながら、カオリさんの方を見る。

すると彼女は、真剣な表情で口を開いた。

「そうなんだ。若いね」

いや、カオリさんも大して変わらないじゃないですか！と言おうとして、やめた。

カオリさんは、確かに年はあまり変わらないと聞く。

けれど、雰囲気はもう成人しているかのように大人《おとな》びている。

それに、そんな風に茶化《ちゃか》すような場面でもないように思えた。

ルル辺りが言ってきてたら、間違いなくそっちの方が若いじゃん！と言っていたんだろうけど……。

いや、今はそれどころじゃないんだってば。

「それで、それがどうしてため息になったの？」

カオリさんは、あくまで真剣に続きを促してくれる。

それが雰囲気だけじゃなくて、本当に大人なんだと思わされる。

「それで……恋って結局は男にうんざりするだけなのかもしれない……って最近思いはじめて」

恋なんてしないほうが、楽に生きていけるのかもしれない。

追うのは楽しいけど疲れるし、追われることは気持ちいいけれど意図してないと気持ち悪い。

「そうなんだ」

カオリさんは、アタシの言葉に頷《うなず》いた。

それから、ニィッと笑った。

滅多《めった》に見ることのない、何かを企《たくら》んだような顔にドキッとさせられる。

こんな表情も、出来るんだ。すごい……。

かわいさだけではこの世界で通用しないってことを、思い知らされる。

なんでこんな時に?ってカンジではあるケド。

「じゃあさ、推しを作らない?」

「え、っと……?」

「推しだよ。推し!」

「推し、ですか……?」

最近よく耳にする言葉ではある。

雑貨屋さんとかでも、推し活グッズというのをよく目にするようになったし。

けれどカオリさんの口からそんな言葉が出てくるとは思わず、アタシはたじろいでしまう。

「ちょっと、私がオススメする場所に行ってみない？」

「ど、どこですか？」

「行ってみるまで内緒」

「内緒、ですか……」

「どうする、行ってみる？」

アタシは一瞬だけ悩んだ後、差し出されたカオリさんの手をとった。

柔らかくていかにも女性らしい手が、今はすごく頼もしく思えた。

「お、お願いします……」

「分かった。それじゃあ、終わってからまた連絡するね」

「はい！　頑張ってくださいね！」

「ナナちゃんも頑張ってね！」

それからカオリさんは、別の撮影に行ってしまった。

ほどなくしてアタシの撮影も始まる時間になったので、スタジオに向かう。

今日はまだ、ハートマークは浮かんでいない。

このまま浮かばないことを祈りながら、頑張ろうと気合いを入れるために頬《ほお》を軽く叩《たた》いた。

……なんだか流れでそんなことしちゃったけど、らしくなかったかな？

らしくないことをしたんだから、今日中は浮かばなきゃいいのにと思ってしまった。

○

無事、瞳にハートマークが浮かび上がらないまま、撮影が終わった。

やっぱり撮影前に、らしくないことをしたからなんだろうか？

本当のところがどうなのか分からないけど……そうだったんだと思うことにする。

衣装から着替えてスマホを見ると、すでにカオリさんからの連絡が入っていた。

『入り口で待ってる！』

メッセージを頼りに入り口に向かうと、どことなくさっき見た時よりも気合いの入ったカオリさんが待っていた。

「お疲れ様です」

「お疲れ様！　それじゃ、行こうか」

「はい！」

気のせいかもしれないけど、撮影前よりメイクが整っているように見える。撮影前も充分だったけど、より念を入れているっていうか……。

え、そんなことある？

いや、場所によってはあるのかな……どうなんだろ。

「これから向かうところって、そんな気合いを入れてなきゃいけないところなんですか……？」

アタシは不安になって、素直にそんな疑問をこぼした。

「あ、気合い入ってるように見えた？　ちょっと恥ずかしいな」

カオリさんは、本当に恥ずかしそうに白い頰を赤く染めている。素直に可愛《かわい》らしい仕草も可愛いんだから、本当にすごい。

「でも、推し活をするんだから気合いも入っちゃうんだよ！」

彼女は手を握り拳にしてそう話してくれた。

そんな、推し活って戦ったりするものなんだろうか……？

モデルであるカオリさんがそんなことするわけないと頭の中では分かっているつもりだけど、具体的なイメージが出来なくてどうしたものかと思ってしまう。

「そういうものなんですか？」

「そうそう。なんたって推しに会えるんだからね。気合いも入っちゃうよ」

「推しって、好きな人とは違うんですか？」

アタシの言葉に、カオリさんは一瞬だけ足を止めた。

またすぐに歩きはじめたけど、もしかしてよくない質問だったのかな……？

「いい質問だね」

カオリさんは、そう言って笑った。

聞いてもいい質問だったらしい。

心の中で、安堵《あんど》の息を吐き出す。

「好きな人は、自分一人で独占したいって思うでしょ？」

「確かに、そうかもしれませんね」

「でも推しっていうのは、他の人にも好かれていて人気があってほしいって思うような人のことなんだよ」

「なるほど……アイドルに向ける感情、とかで合ってますか？」

「うん。……って言っても、これはアタシの意見だからあんまり気にしなくていいよ。自分なりの推しへの解釈をすればいいんだし」

　自分なりの推しへの解釈ってどういう意味なんだろう……と思いつつ、なんとなく納得したからうんうんと首を縦に振る。

「カオリさんの推しって、どんな人なんですか？」

　ふと気になって聞いてみる。

　カオリさん自体が、素敵な人だ。

　その人が好きな……推している人は、一体どれほどの人なんだろうか。

「うーん。ものすごく輝いている人、かな？」

「輝いている人、ですか」

「うん。いつでも素敵であろうって、努力してる人。憧れちゃう」

「そうなんですね……」

　会ってみるのが、ちょっと楽しみだ。

　いや、アタシも会えるんだろうか？

　どういう状況になるのか、よく分からない。

　でも、楽しみなことには変わりがなかった。

しばらく歩いていると、オシャレなカフェが立ち並ぶ辺りについた。そこにある一軒の前で、カオリさんは足を止める。

「ついたよ。ここが推し活をする場所」

「そうなんですか……？」

よく目を凝らして見てみても、普通のカフェと変わらないような気がする。普通のカフェなんだろうか？　それとも……？

「いい？　入るよ？」

最後みたいな確認をされて、アタシの心臓はドキドキと高鳴っている。

なにがあるか分からない。怖いけど、気になるアタシは縦に首を振った。

開かれる扉。

明るくなる視界。

目に映るのは。黒い服を着た人たち。

「おかえりなさいませ、お嬢様」

現実的じゃない言葉をかけられてギョッとする。

お嬢様……こんな光景を、エリムはいつも見ているんだろうか……？

ふと、奇妙な縁で今もつながっているお嬢様のことを思い浮かべる。

けれども彼女の境遇を考えると、案外そんなことはないのかもしれないと思った。実際、家に行った時もそんなに大勢のメイドがいたわけじゃなかったし。

こういうのって、そもそもが分かりやすいフィクションなのかもだし。

「どう？　すごいでしょ！」

「す、すごいですね。かなり驚きました」

「ふふー。連れて来る子がそういう反応をするのを見るのが最近の楽しみでもあるんだー」

アタシ以外にも連れて来てるんだ。

よっぽど好きなのかな？

そう思ってしまうくらい、カオリさんは楽しそうだった。

大人《おとな》っぽい顔が、子どもみたいにはしゃいだ表情になっている。

その表情の変化が、すごく可愛《かわい》らしい。

こういう瞬間を撮るのも、それはそれでいいんじゃないかと思ってしまったくらいだ。

まぁ、プライベートだから出来る表情なのかもしれないけど……。

「カオリお嬢様、おかえりなさい。こちらはご友人？」

そう思っていたら、店員さんらしい人が話しかけてきた。

……店員さんって呼ぶべきなのか、その見た目から執事と呼ぶべきなのかよく分からない。

　その瞬間、カオリさんの目がキラキラに輝いた。

「ただいま！　そう。モデル仲間のナナちゃんって言うの。よくしてあげてくれると嬉《うれ》しいな」

「かしこまりました。おかえりなさいませ、ナナお嬢様。私の名前は、ミレイと申します。どうぞお見知り置きを」

「あ、どうも……」

　そう言ってアタシに会釈をした執事さんは、確かに外見からキラキラと輝いているように見えた。長い髪を後ろでくくっているのも、執事服をビシッと着こなしているのも。

　何より、笑顔がキラキラしている。一目で輝いていると分かるくらいだ。

　きっと、中身もそうだからこそカオリさんはあんな風に言ったんだろうけど。

　そんなことを考えているうちに彼から促されて、三人がけのテーブルについた。

　彼も当然のように一緒に座り、アタシたちにどのメニューにするか問いかけてくる。

「アタシはいつものセットで！　ナナちゃんは？」

「あ、じゃあ……アイスティーで」

　食欲のないアタシは、そう言った。

するると彼が立ち上がり、近くにあった大きめのケースを手に取った。中には小さな箱が隙間なく並べてあり、よく見るとそれは茶葉の箱なんだということが分かる。

「当店は紅茶に力を入れていてね。種類がいくらかあるんだけど、どれにする？」

いくらかというには多い数に尻込みしてしまい、悩む時間を作ることもためらわれたので「お任せで」と言った。

それでも彼は、にっこりと笑って了承する。

きっと、似たようなお客さんもいっぱいいるからなんだろう……。

「それじゃあ、少し待っていてね」

そう言うと彼は、奥の厨房《ちゅうぼう》らしきところに行ってしまった。

カオリさんと二人きりになったアタシは、確認したいことを小声でカオリさんに問いかける。

「もしかしてここ……男装してますか？」

「うん、そうだよ。男装執事喫茶。素敵でしょう？」

カオリさんは、なんでもないようにそう言った。

「何も知らされずに来ましたから……ちょっと驚いています」

「でも、悪くないでしょ？」

「そう……かもしれませんね」

正直、よく分からなかった。

いわゆるコンカフェには、来たことがなかったからだ。

勤めてそう、と言われたことは、裏アカも含めて何回かあるけど……。

来たことがないのに、初回で男装執事喫茶なんていう特徴の強い場所に連れて来られたら混乱するだろう。

でも、カオリさん相手にそうは言いたくなかったし思いたくもなかった。

実際彼女みたいな人から落ち込んでて元気になってもらいたいなんて意図で連れて来られたんだから、むしろ光栄だと思うべきだろう。

でも混乱はしていた。

だから、素直に良いとは言えなかった。

下を向いているとあんまりよく思っていないのが必要以上に伝わると思ったので、興味を持っているかのように辺りをきょろきょろと見回してみる。

内装自体もそんなに特別変わっているわけではなく、ちょっと高級感のあるカフェってカンジだ。

店員さんがちょっと変わっている点を除けば、一般的なカフェと変わらないだろう。食事メニューも、そんなに高額ってワケじゃなかったし……。

「そういえば、いつものセットってなんですか？」

ついでに気になったので聞いてみる。

「ん？　オムライスと野菜スムージーのセットだよ」

「へぇ、そんなスムージーまであるんですか」

とにかく女性向けなんだということが伝わってくる。

「ミレイさんが言っていた通り紅茶に力を入れているのはもちろん、料理も本格的で美味《おい》しいんだ。今度来ることがあれば、頼んでみてほしいな」

「はい。機会があれば、ぜひ」

もう一度来ることは果たしてあるんだろうかと思いつつ、軽く話を聞いているうちにミレイさんがドリンクを運んで戻ってきた。

「こちら、ストロベリーの紅茶になります。甘くしているので、疲れに効きますよ」

そう言いながらミレイさんは、アタシの前にティーカップを置く。

「……ありがとうございます」

その気遣いが嬉《うれ》しくて、思わず笑ってしまった。

それに、ティーカップがかわいくて、目を奪われてしまった。

装飾も凝っていて、すごく素敵だ。

「そして、カオリお嬢様の好きな野菜スムージーです」

「ありがとうー」

カオリさんはそう言って受け取ると、ストローをさして飲みはじめた。

「ふぅ……やっぱりこの味が落ち着くなぁ」

そう呟《つぶや》いて、目を細めていた。

アタシもそれに倣《なら》って、紅茶を一口飲む。

甘い香りが、鼻腔《びこう》を抜けていく。本当に甘くなっていて、疲れに効きそうだった。

けれどそんな気遣いをさせてしまうくらい、疲れているように見えたんだろうか。

「そんなに疲れているように見えました?」

「カオリお嬢様が連れてくるご友人は、疲れていることが多いんだよ」

「そうなんですか……」

「きっと彼女なりの優しさでここに連れて来ているんだろうと思うから、私もそれに応えたいと思ってね」

ミレイさんはそう言うと、微笑《ほほえ》んだ。

「優しいんですね、カオリさんって」

「うん。私は、彼女のそういうところが大好きなんだ」

ミレイさんは、まるで自分のことのように誇らしげに言った。

どちらも相手のことを素敵だと考えている関係に、アタシは尊敬の念を抱いた。

さっきまで来なきゃ良かったとちょっとだけど思っていた自分を悔やむ。

当の本人であるカオリさんは、気恥ずかしげにスムージーを飲んでいる。

その仕草もかわいくて、本当にこの人はすごいなぁと思うばかりだった。

「さ、そろそろオムライスも出来ているだろうから取ってくるよ」

そう言ってミレイさんは、厨房《ちゅうぼう》からオムライスを持って来た。

運ばれて来たオムライスは本当に美味《おい》しくて、今度があってもいいかもしれないと思いはじめていた。

そして帰り際。

「また来てくださいね、ナナお嬢様」

ミレイさんに、にっこりと微笑まれてしまった。

「あは、機会があればぜひ……」

また来てほしいという圧を感じるその笑顔に、アタシはただ苦笑するしかなかった。

○

なんだかよく分からないけど、なんにも上手《うま》くいかない。

そう思った途端、まるで坂道を転がり落ちるようになんにも上手くいかなくなってしまった。

学校、モデル業だけならまだしも、家でもお姉ちゃんとケンカしちゃって最悪だと思った次の日。

「……ホント、ヤになる」

目覚めた瞬間から、ハートマークが瞳に浮かんでいるという確信があった。

鏡で確認してみると、本当にある。

変なところでだけ、直感が働くんだから……。

そのことを裏アカで愚痴ろうと思ったら、通知がたくさん来ていた。

最近は投稿も少なくしているはずなのになんだろうと驚いていると、なんの冗談かアタシのアカウントが軽く炎上していた。

この前、出会い厨《ちゅう》をしてきた人間が燃やしているらしい。

攻撃的なコメントや思いっきり性的なコメントを朝から見るとは思わず、頭がクラクラ

7:34

してしまう。
「そんなことで燃やすか、フツー……？」
それで全部が嫌になったアタシは、全てから逃避するつもりで二度寝した。
それ自体は気持ちよかったけど、目覚めてから後悔した。
学校になんの連絡も入れてない。
それにきっと後から、お母さんに呆《あき》れられるだろう。
何で最悪を増やしちゃうのかな、アタシ。
そんな自分に呆れて、でもどうにもならないからもう一度寝ようと思った。
けれど、ふと思い直した。
そしてしっかりメイクを決めたアタシは、とあるカフェに向かった。
非現実的で、不思議なカフェ。
「ホントに、一人で来ちゃった……」
改めて、外観は普通のカフェにしか見えない。
けれど中に入ったら、非現実が広がっているんだろう。
どうして来てしまったのか分からないまま、扉の前で躊躇《ちゅうちょ》してしまう。
この前はカオリさんが一緒にいたから勝手が分からなくてもなんとかなった。

けど今は違う。

それに、この前は本当に今度があるなんて思ってもいなかった。

それなのにどうして、ここに立っているんだろう。

「どうしたの？　お嬢様」

すると、中から見えていたんだろうか。向こうから扉を開けて、声をかけてくれた。

それはこの前も担当してくれた執事の人だった。名前はたしか……ミレイとか、そういうのだったような気がする。

「一人だと、入っていいのか分からなくて」

アタシは嘘《うそ》でもないそんなことを言った。

ミレイさんが微笑《ほほえ》む。

「もちろん大歓迎だよ。おかえりなさいませ、お嬢様」

「た、ただいま」

なんて返すのが正解か分からなかったけど、今は非日常の空気に呑《の》まれたくてそう返した。

「随分とお疲れのようだから……注文は、この前と同じ紅茶でいいかな？」

「あ、え、覚えてるんですか？」

ここは紅茶に力を入れているから、種類が豊富だと彼自らが言っていた。

それに以前一度来たきりのアタシの注文を、覚えているだなんて……。

「当然だよ。お嬢様の執事だからね」

そう言ってミレイさんは、カッコ良さげにウインクをした。

……その仕草に、胸が高鳴るのはどうしてだろう。

いや、きっと気のせいだ。

気のせいに違いない。

もしくは心がザワザワしているのを、ドキドキしたと勘違いしているだけだ。

動揺する心中を悟られないように気をつけながら、案内された席に座った。

平日だからか、人はまばらだった。

「もしかして、今日は求愛性症候群に悩んで戻って来られたのかな?」

「え、なんで……あ」

お店の窓ガラスに映った自分の瞳には、ハートマークが浮かんでいる。

「その瞳に、ハートマークが浮かんでいるから」

「ああ……アハハ、情けないですよね」

「どうしてそう思うんだい?」

彼は、心底不思議そうな声をあげた。

「そのハートマークの浮かんでいる瞳は、とても美しいよ」

優しい声でそう言われて、思わずドキッとする。

同時に恥ずかしくなってしまって、顔が熱くなった。

「……お嬢様は、嫌かもしれないけど」

これは心からのお世辞、本心から出た嘘《うそ》だろう。

そういうのをずっと、いろんな人相手に言い続けているんだろうと思うと心が痛んだ。

……心が痛んだ？　どうして？

頭では分かるけど心では分かりたくなくて、現実から目を逸《そ》らす。

「アタシの症候群って、誰かに認められたいって願望……この場合は欲望って表現のほうが正しいのかな？　とにかく、そういうのから出てくるものなんですけどね」

瞳のことを褒められて、気が動転したんだろうか。

冷静なアタシはそんなことを話して何になるんだと言っているけれど、口は止まらなかった。

ミレイさんはというと、厨房《ちゅうぼう》の方へも行かずにアタシの話を目を見て聞いてくれる。

こんなに目を見て話を聞いてくれる人って滅多《めった》にいないかもと、アタシはぼんやり思っていた。

「好きな人がいて、ものすごく打ち解けてるって思ったんですけど……アタシの勘違いだったみたいで。その人、別の女子と付き合いはじめたんですよ。しかもホームルームとかイチャつくためにサボる的なこともするし」

「うん」

「別の男子からはなんか勝手に好かれてたんですけど、そんなに聞きたくもない理想を押し付けられて……インターネットでは、出会い厨《ちゅう》されたかと思ったら知らない間に炎上させられるし」

「そうなのかい」

「いやもうホント、男ってアホだなーって思って」

そんなことを言いたいワケじゃないのに、口が止まらない。

なんだか考えていることと言っていることが乖離《かいり》しているようで気持ち悪い。

そんな風に思っていたら、なぜだか涙がつうっと頬《ほお》を伝った。

慌てて袖で拭き取ったけど、ミレイさんには見られていただろう。

「あ、あはは」

恥ずかしくて、取り繕って笑ってしまう。

乾いた笑いじゃ、余計に惨めになるばかりだって分かっているのに。

「そ、そんなこと考える私もバカだなーなんて」

「すごく頑張ってきたんだね」

ミレイさんは、至って真剣にそう言ってきた。

「が、頑張ってってそんな、そんな……そんなんじゃないですよ」

「そうかな？　自分だと気付かないだけで、そういう人との関わりを大切にしようっていう心持ちは、頑張っている証拠だと思うよ」

「そ、そんなの普通じゃないですか」

「だからこそ、だよ」

「なる、ほど……？」

その目に見つめられると、そうなのかもしれないと思えてきた。

「ナナお嬢様は、褒められていいんだよ」

彼の言葉には、なんとなく力があった。

それはこの場だからこそ作用する、不思議な魔法みたいなものなのかもしれない。

「私が、褒めてもいいかな？」

「あ……はい」

アタシは、自然と頷《うなず》いていた。

そんなアタシに対して、ミレイさんは穏やかな笑みを浮かべる。

「いいこいいこ」

頭を、撫《な》でられてしまった。

彼氏が出来たとしても、それだけは髪の毛のセットが崩れるからやめてもらおうって思っていたのに。

それなのに、今のアタシはときめいている。

ときめいて、しまっている……。

女の人だって分かっている。

それなのに、いや、それだからこそだったりするんだろうか。

だからこそ、励ましが優しく感じるんだろうか。

胸の中に、温かいものが広がるのを感じる。

「あの、ツーショ撮ってもらえますか？」

私はその感情をなんとか残しておきたいと思って、そう言った。

ミレイさんは、にっこりと笑う。

「もちろん」

彼と一緒に撮ってもらった写真の中のアタシは照れていたけれど、それでも可愛《かわい》らしい笑顔だと思えるくらいにはいい写りをしていた。

○

それからアタシは、ミレイさんの元へ頻繁に通うようになった。

といっても、高校生のお小遣いには限度がある。

いくらミレイさんのいるコンカフェが良心的な価格設定だからっていっても、毎日のようには通えない。

けれど、毎日のように通いたい。

お茶だけを頼むって手もあるんだろうけど、そんな貧乏くさい真似《まね》をミレイさんの前でしたくない。

だから毎回きちっと一食分頼むことにしている。

……これ、太る可能性もあるのでは？

いや、メニューとしては女性向けだから栄養素なんかも考えられているだろうとは思うけど。

だとしても、今以上に筋トレを頑張らないといけない……！

それはそれで、モチベーションアップにつながるからいいことかもしれない。

なにより、ミレイさんと話すのは楽しいから仕方ないよね。

いつも新しい顔を見せてくれて、本当に飽きないし。

「今日はね、新作のスイーツがあるんだよ」

「わぁ、本当ですか！」

新作スイーツという言葉に、胸が高鳴る。

「うん。ほら、この前、ガトーショコラを食べたいって言っていたでしょう？」

「あ……そう言えば、言ったような記憶があります」

会話をしているうちに好きなケーキは何かという話になって、その時の気分的にガトーショコラと答えた記憶がある。

「運良く新メニューの開発日と重なったから、提案してみたんだ。そうしたら見事に通って、期間限定だけどメニューになったんだよ」

「すごいですね！　じゃあ、それをお願いします！」

「ふふ、かしこまりました」

しばらくしてから出されたガトーショコラは、ケーキ屋さんのものと大差ないくらい濃厚なチョコレート風味で美味《おい》しかった。

「濃厚で、すごく美味しいですね！」

「それなら良かった」

ミレイさんは、にっこりと微笑《ほほえ》む。

相変わらずの美しい笑みに、思わず見惚《みと》れてしまう。

「またなにか食べたいものがあったら、言ってみてごらん。もしかしたら、メニューに追加されるかもしれないから」

「はい、楽しみにしてます！」

――そんなカンジの日もあれば、

「今日はどうしたんだい？　もしかして、ちょっと落ち込んでる？」

出来るだけそう見えないように振る舞っていたはずなのに、ミレイさんはちょっとの落ち込みを見抜いてきた。

きっと色々なお嬢様と接しているから、感情の起伏なんかに過敏なんだろう。

だからアタシは、思い切って打ち明けることにした。

「実は、撮影で失敗しちゃったんですよ……」

「ん？　なんの撮影？」

「一応、読モやってて……その撮影です」

「読モ！　すごいね、ナナお嬢様」

「そんなことないですよ。今は誰にでも」

なれますと言いかけた唇に、ミレイさんの手袋をした指が重なる。

それ以上は言わないようにと、視線で制される。

「すごいことなんだよ、とても」

ミレイさんの言うことは、いつも正しいように思ってしまう。

読モであることはすごいことなんだと、その時はじめてアタシは思った。

いやでも、確かに全員が全員なれるわけじゃないしすごいことなのかも。

やっぱりナナ様なんだよね。

「……そうですね。でも、失敗しちゃって」

「誰にでも失敗する日はあるよ。私なんて……ここだけの話だけど、失敗ばかりだからね」

ミレイさんは小声で、そう言ってくる。

「そうなんですか？」

「あんまり詳しくは言えないけど……そうだな、私の部屋はとても見られたものじゃないよ」

「そ、そうなんですね。意外」

ミレイさんの部屋がそんな感じだとは思ってもいなかった。

片付けには自信があるから、いつか部屋にお邪魔して片付けを手伝ってあげたいな……なんてね。

そこまで考えてしまうのって、流石《さすが》にキモいかな？

引かれちゃったら怖いから、言わないようにしよっと。

――っていうふうな日もあり、

「今日は人、少ないですね」

いつもと比べてお嬢様も執事さんも少ない気がして、私はそう切り出した。

「ちょっとキャストが多めに休んでしまってね……ナナお嬢様にはあまり影響はないと思うけど、今日は早めに閉める予定でもあるんだよ」

「そうなんですか。大変ですね」

「まぁ、割とよくあることだからあんまり気にしてはないんだけどね」

「よくあることなんですか？」

その言葉にちょっと驚いてしまって、聞き返す。

ミレイさんは、苦笑気味に返した。

「そうだね。私からしてみれば意外でもなんでもないんだけど、ナナお嬢様には意外だったのかな？」

「だって、お仕事じゃないですか」

読者モデルといってても守らなきゃならないことはたくさんあるし、あんまり休んでいるわけにもいかない。

それなのに本業といってもいい仕事の人たちがそんなに休むなんて、なんだかありえないことに思えた。

「ふふふ……」

真面目《まじめ》にそう言ったはずなのに、ミレイさんは笑っている。どうしてなんだろう？

「ナナお嬢様は真面目だね。休んでいる執事に爪の垢《あか》を煎じて飲ませたいくらい」

「そ、そんなことないですよ!?」

「真面目でかわいらしいよ」

「は、はい……」

――というカンジの日まで様々だ。

本当に飽きなくて，楽しい日々を過ごさせてもらっている。

○

「新規のお客様キャンペーン……!?」

いつものように手に取ったメニュー表に書かれている文字に、アタシは震えてしまった。

新規の、お客様向けのキャンペーン……アタシはもう、新規と呼べないくらい通っているだろう。

そうなると、キャンペーンに参加出来ない可能性が高い。

それはちょっと悲しい。

そんなキャンペーンがあるって知っていたら、もっと来る頻度を落としていたかもしれないのに……ぐぬぬ。

「そうなんだよ。新しくいらしてくれたお嬢様と、その人を呼び込んでくれたお嬢様を対象に、新しい衣装を着た私たちとの撮影が出来るっていうキャンペーンなのさ」

呼び込んでくれたお嬢様ってことは、アタシも対象になれるってことだろう、その事実に、安堵《あんど》する。

「新しい衣装って、あれですよね」

「そうそう。あの写真と似たものだよ」

アタシとミレイさんは、同じポスターに目を向ける。

お店でナンバーワンの人が、白い執事服を着ているポスターだ。

……いつも思うんだけど、なんでミレイさんがナンバーワンじゃないのか分からない。

アタシがかけているお金がいくら高校生並みだったとしても、この人のことならそんな感じで何人もの人を虜《とりこ》にしているだろうし……不思議だ。

執事にしてはちょっとカジュアルな言葉遣いをしているけど、そこがいいんだし。

ナンバーワンになって欲しい気持ちもあれば、このままでいてほしい気持ちもある。

アタシにもっとお金があれば……と思うけど、ナンバーワンになってしまったら遠い存在になってしまうかもしれないなんて心配もしてしまう。

ここに通うようになってから、そんな葛藤ばかりな気がする。

それでも以前よりも毎日が楽しいと思えるから不思議だ。

「カフェの執事それぞれに白い衣装が貸与されたんだけど、それを着た私たちと一緒に写真が撮れるんだよ」

「ほー……」

思わず、感嘆のため息がこぼれてしまう。

普段の黒い執事服も、もちろん素敵だ。

けれど白い衣装も、きっと似合っていてものすごく素敵だろう。

そんな彼とツーショが撮れるんだったら、たとえ悪魔でも連れて来たいくらいだ。

……流石《さすが》に悪魔は、どんな姿をしているか分からないからやめておくけども。

モデル仲間は、すでにカオリさんによってこのカフェに連れてこられているらしい。

そうなると頼れるのは学校の交友関係だけど……そんなものはあってないようなものだ。

コンカフェに行く？ なんて声をかけられるくらいに仲がいい子なんていない。

そもそも、コンカフェに来ているなんてことを学校の人にはあんまり知られたくない。

そこからどんな噂《うわさ》がまた広められるか、分かったものじゃないし。

適当な噂を広めないような、気軽にコンカフェを勧められる人間はどこかにいないだろうか……？

「あ」

そこで私は、とりあえず二人思いついた。

けれど一人は、堅物なのできっと無理だろうとすぐに判断する。

一人は流されやすそうな顔してるし、実際これまでも流されてきたし、ちょっと押せばなんとかなるだろう。

「一人でも、ミレイさんと写真を撮れることには変わりないよね？」

私は口の端に、笑みが浮かぶのを感じていた。

## ナナ

承認欲求が症状に
強く関係している。
一時的に落ち着くが、
恋愛がうまくいかないと
すぐに悪化する。

## ◆ルルの幕間《まくあい》

久しぶりに、ナナからメッセージが送られてきた。珍しくスタンプも一緒みたいだ。

「なんだろう？」

なにかしら新しいスタンプを買った自慢でもしてきているのかなと思ったら……なんと違った。

『ルルちゃん。ちょっと話があるから、明日の放課後にでも屋上に来てね！』

添えられているのは、ペコリと頭を下げているサンイオキャラクターのスタンプだった。

い、嫌な予感しかしない……！

ここまで不吉を感じるメッセージも、世の中にはそうそうないだろう。

まずナナからルルちゃんって呼ばれてるんだって思うと、寒気がする。

何もなくナナがそんな呼び方をするような人間だとは思えない。

っていうか実際、普段は呼び捨てだし。

それなのにわざわざそんな呼び方で呼んできているってことは、また何か厄介ごとに巻き込もうとしているってことなんだろう。

うう、もうコリゴリだよ……。

屋上に行かないって選択肢をとることも、出来なくはないだろう。

でも、また丁寧な言葉でメッセージが送られてくるほうが怖かった。

ないかもしれないけど、そのうち手首の画像とか送ってきそうだし……。それはいくらなんでもないと思っていたら、あるかもしれないから怖い。

仕方がないので、言われた通り翌日に屋上に向かう。

向かう途中で、友達と部活に行こうとしているエリムを見かけた。

たくさんの本を持っているけど、なにに使うんだろうか？

ちょっと気になるけど、話しかけることはしなかった。友達だったら話しかけても変じゃないんだろうけど、そうじゃないわけだし……。

っていうか、今回はエリムは呼んでないんだ。

それはそれで、不安が募る……。

ちょっとお腹《なか》が痛くなってきたところで、屋上の扉の前に立った。

おそるおそる、扉を開ける。

ナナは私の存在に気付くと、待ってましたと言わんばかりに近づいてきて両手を広げて

……抱きついてきた!?

Aa

「おお友よ！　よくぞ来てくれましたね！」

「な、何⁉　なんの何⁉」

「ナナ様は嬉《うれ》しい！」

本当に意味が分からなくて、思わず押し返してしまう。

けどここは、モデルとして鍛えているからなんだろうか？

ナナのほうが力が強くて、しばらく抱きしめられてしまった。

「もう、ずっと怖いからそろそろ普通に接してほしい……」

「そんな怖がらせることやった記憶ないんだけど」

腕を私の腰から離しながら、ナナはいつもの感じでそう言った。

いつものナナって感じがようやくしはじめて、ちょっと安心する。

「それで、何の用なの？」

「まぁまぁ、落ち着いて座って」

「そういうなら、まぁ……」

言われた通り、比較的綺麗《きれい》なところに座る。

座らせるくらい、長い話をするんだろうか？

もしかして、何かの相談？

「あんまり重い話は、勘弁してね。今は進路の話が出てきてどうするか悩んでて、それどころじゃないから……」

「そうなの？」

「うん……」

将来のことって言われても、毎日の痛みと戦うことで精一杯だからなんにも思い浮かばない。

それなのに先生は早く決めないと今後に差し支えるぞって急《せ》かしてくるし、周りはもう決まってるみたいだし……正直、気が滅入《めい》ってしまう。


「そういう時こそ、推し活でしょ！」


「は……？」

「は？」

「ひ、ごめんなさい」

ナナ相手に思わず端的な言葉が出てしまったと思ったら、逆に凄《すご》まれてしまった。

だって、ナナの口から推しだなんて言葉が出てくるなんて想像もつかなかったし……。

もしかして、自分を推しているって意味での推しだろうか？

だとしたら、納得かもしれない。

「謝らなくていいよ。推し活に協力してくれたら、許してあげる」

「推し活に、協力……？」

許してもらうも何もない気がするが、きっとそれが今回の本題なんだろう。

「どういうこと？」

「一緒に、カフェに来てほしいの」

ナナの口からそんな普通の高校生みたいな提案が出てくるとは思わず、私は一日置いてから疑問を返した。

「……それはカフェっていう隠語とかじゃなくて、本物のカフェなんだよね？」

「隠語って何？　正真正銘、普通のカフェですけど」

「ね、値段がめちゃくちゃするとか！」

「そんなことないってば。普通のカフェでーす。なんならむしろ、良心的まであるかもしれない」

そこまで言うなんてそれはそれで怪しいと思ったけど、それ以上を口にするのは憚《はばか》られた。

ナナがここまで言いはるからには、きっと普通のカフェなんだろう。多分。

でも、なんでそのカフェに行くのにこんな必死なんだろう。

私に同行を頼まないと、カフェに行けないってタイプじゃないのに。

ナナってこんなキャラだったっけ？

いや。何かもっと肝心なことが……？

「カフェで推し活って、何？」

推し活って言葉自体をあんまり理解していないからなんとも言えないけど、カフェでするものなのかどうか分からなかった。

だから素直に聞いてみるけど、気まずそうに目線が逸《そ》らされる。

「……内緒」

目線を私のほうに戻しながら、語尾にハートマークをつけているような甘い声でナナはそう言った。

男性だったら今のですぐについていくんだろうけど、あいにく私はそんなことで誤魔化《ごまか》されない。

「このまま曖昧なままだったら、危ないところに行くのかなって思って、ついて行けないよ」

ナナは私の言葉にそれはそうかもしれないけど……と、これまた曖昧な言葉を返してきた。

それからしばらくキューティクルで天使の輪っかが出来ている髪の毛をいじいじしてから、何かを決意したように頬《ほお》を両手で叩《たた》く。

「ちゃんと説明するから。そしたらついてきてくれる？」

「それなら、まぁ……危ないことじゃなければね」

「どんだけアタシが危ないことに巻き込むと思ってんの⁉」

「いや、だって、ねえ……？」

「ねえって何！」

ナナは頬を膨らませて怒りを示してくるが、私としてはそのくらい仕方ないと思っている。

普段の行いというやつだ。

しばらくぷんすこしていたナナだったが、やがて諦めたのか、落ち着いて話をしはじめた。

「最近、男装執事喫茶に通ってるの」

「だ、男装執事喫茶？」

思わず大きな声を出してしまいそうになったが、その瞬間にナナからものすごく睨《にら》まれたので無事に声を荒らげることなく終わった……。

いや、ここが始まりなのかもしれない、ある意味で。

「だ、男装の上に執事の喫茶なんだ。すごいね」

「すごいでしょ」

なぜかナナが誇らしげだ。

誇らしげになるようなことじゃないと思うけど……あんまり茶々を入れるともっと睨まれそうなので、やめておく。

「それっていわゆる、コンカフェってやつだよね？　高校生が通って大丈夫なの？」

「なんでさっきからずっと心配されなきゃならないの。そんなにアタシってあぶなげな存在なワケ？」

素直には頷《うなず》けない問いだが、すぐに否定しない時点で肯定してしまっているようなものかもしれない。

「危なくないよ。本当に良心的な価格設定だし、なんなら高校生のうちからそのカフェで働いている人もいるって聞くし」

「そ、そうなんだ」

知らないから危ないって思ってしまっただけで、実際は健全なのかもしれない。そうであってほしい。

「でも、意外かも」

「何が？」

「ナナが自分じゃなくて推しを作ってることが」

なんだか不思議な感じだ。

自分が一番最高！推し！って思ってそうだから、余計にそう思うのかもしれない。

ナナは目をぱちくりとして、しばらくぼうっと私を見つめてきた。

やがて顔が真《ま》っ赤《か》になって、それを隠すように手を頬《ほお》に添えた。

「改めてそう言われると恥ずかしくなるからやめて」

声色が真剣なので、本当に恥ずかしがっているんだろう。

でも私は、そんなに恥ずかしがる必要はないと思う。

「そんなに恥ずかしがることかな？　推しって言葉、最近よく聞くし……夢中になれる人がいるってことは、すごいことだと思うよ？」

これと言って好きなものが存在していない私は、より一層強くそう思う。

「じゃ、じゃあアタシの推し活に付き合ってくれる？」

「それとこれとは話が変わってくるんだけど……」

「えー!?　いいじゃん行こうよ。最初はおごってあげるからさ！」

本当かな?と思ったけど、おごってくれるという提案はとても魅力的だ。

ちょうどカフェみたいなところに行ってみたい気分でもあったわけで。

まぁナナがそんなに勧めるんなら……行ってみてもいいのかな。

将来について一人で悩んでいても、すぐに答えが出るわけじゃないし。

「じゃあ、ちょっとだけ……」

「やった！　ありがとーこれでミレイさんと写真が撮れるよ！」

「み、ミレイさん……？」

「アタシが推している執事の人。とっても素敵なんだよ」

「へぇ……」

なるほど。その人が、ナナにありがとうなんてことを言わせているのか。

きっとものすごく素敵な人なんだろう。

会ってみるのが、楽しみになってきた。

「それじゃあ行こうか！」

「今から!?」

「そうだけど……」

「大丈夫なの？」

「制服で行っても問題ないから大丈夫だよ」

「そうなんだ……」

すでに制服でも何度か行ってるんだろうなぁと思うと、なんとも言えない気持ちになった。

「けど、本当にエリムはいいの？」

そこで私は、気になったことを聞いてみる。

「いいでしょ！　どうせ漫研の活動で忙しいだろうし」

「それは確かに……」

さっき見かけた時も、なんだかたくさん本を抱えていたし。充実した部活生活を送っているんだろう。

それもそれで羨ましいことだ。

うう、なんだか取り残されてばっかりいる。

こうなったらナナの言う通り、推し活をしてみよう。

そうしたら、何か変わってくるかもしれない。

いい感じに変わってほしいという願いを抱きながら、ナナと一緒に男装執事喫茶へと向かった。

○

向かっている途中。

歩いている大きな通りに面したお店から、メイド服を着た女の人が出てきた。

その人と目が合ったと思ったら、彼女はいそいそと私のほうに近付いてくる。

「わ～！　その制服、見たことあります！　お姉さんたち、あの高校の人なんですか？」

すっごく猫撫《ねこな》で声《ごえ》で、そんな風に話しかけられてしまった。

ナナは嫌そうな顔をして振り払って！的な視線を送ってくるけど、そう無下《むげ》にも出来ずに私は頷《うなず》いてしまう。

「は、はぁ……」

「そこの学校に通ってた友達がいるんですよ～すっごくいい子で～！　だから多分、お姉さんと私も仲良くなれると思うんです！」

「そう、なんですかね？」

引き寄せられそうになっている私を、ナナが反対側から引き寄せる。

それが痛いくらいになってからようやく私は大丈夫ですとメイドさんからの手をはね除《の》けた。

両方とも容赦ないのか、かなり痛い。

「なに捕まってるの。それどころじゃないんだけど！」

またぷんすこと怒りはじめたナナだけど、今回は私が悪いと言っても過言じゃない……のかな……？

「ごめんごめん。まさか話しかけられるとは思ってなくて」

「この辺りは、ああいうお店も多いから気をつけてよね」

「気をつけます……」

うーん。知らない人から話しかけられやすいとは思っていたけど、ここまでとは思っていなかった。

本当に気をつけたほうがいいのかもしれない。

「話しかけられるのっていいことじゃなくて、舐《な》められてるんだからね」

「そ、そうかもしれないけど」

「けどって何？　あのままついて行って良かったの？」

「う」

あのままついて行ってたら、もしかしたらとんでもないお金を使わされていたのでは？

そうじゃなくても、もしかしたら危険な目に遭っていたのでは？

そう思った私はナナに対してありがとうと言った。ちゃんと聞こえるように。

すると満足そうに、ナナは分かればいいのよと言ってまた歩き始めた。

……ここに来ていたのがエリムだったら、こんなハプニングも起きずに済んだのかな。

もしかしたら、三人だったら声かけられなかったかもしれないし……！

そう思うと、ここにいないご令嬢が恋しくなった。

「あのさ」

「何？」

「本当にエリムは連れて来なくて良かったの？」

私は思わず、そんな最終確認をしてしまう。

「来ると思う？　あの堅物さんが」

「うーん……」

私としては、案外来そうなんだけどなぁという思いがあった。

けどナナは絶対に来ないと言って、そのまま誘わなかったんだけど……。

後から「なんで誘わなかったんですか」って、拗《す》ねながら言われそうな気がする。

……まぁ、その時はその時かな。

言われてしまった時は、ナナが誘おうとしなかったたって言おう。

ナナのせいにすれば、多分エリムも納得してくれるだろうし。

でも、ナナからコンカフェに誘われたのは驚いてしまった。

しかも、男装執事喫茶らしい。

男装ってだけでもすごいのに、さらに執事って属性まで加わるなんて。

なんでもその男装執事喫茶店が新規のお嬢様キャンペーンとかで、新しいお嬢様（と呼ばれているお客様）を誘ったら、素敵な衣装を着ている執事の人とのツーショットが撮れるのだとか……。

色々な感情がないまぜになってついてきたけど、お小遣いはあまりない。

誘う時には自分が出すとナナは言っていたものの、本当に出してくれるかどうかは分からないからちょっと怖い。

そういうカフェって、めちゃくちゃ高いって聞くし……本当に良心的なんだろうか？

ナナの感覚が麻痺《まひ》してるだけだったらどうしよう？

「緊張してる？」

「まぁ……緊張くらいするよね」

「最初はアタシもそうだったから分かる」

「そんなに何年も前から来てるの？」

なんとなく、口ぶりからしてそんな感じがした。

だから聞き返すと、ナナは不服そうに頬《ほお》を膨らませる。

「……そういうわけじゃないけどさ」

「え、どうしてそんな不機嫌そうになるの？」

「なんでもないから！」

「な、なんでもないわけないじゃん！」

そんなやりとりをしていたら、いつの間にか綺麗《きれい》なカフェの前に着いていた。

まさかここがそうじゃないだろうと思ったけど、ナナが迷いなく入っていくのを見て、認識を改める。

ここが男装執事喫茶なんだ。

外側だけ見たら、普通のカフェと変わらない気がする……。

「おかえりなさいませ、お嬢様」

「ひょえ……」

扉を開けてからのすごく非現実的なお迎えに、私は圧倒される。

い、いきなりすご過ぎる……。

余裕そうに「ただいま」なんて返しているナナもすごい。

通い慣れているんだろうとは思ったけど、それにしたってだ。

「ミレイさんもいらしたんですね？」

「もちろん。ナナお嬢様のお帰りを待っていたよ。おかえりなさいませ。こちらはご友人？」

「そ、そうそう！　ね、ルル！」

ナナの視線が合わせろと訴えかけてきたので、私は縦に精一杯首を振った。うう、目が怖いのやめてほしい。

「ルルお嬢様か。ナナお嬢様とは、仲良くやれてる？」

「まぁ、そうですね。人並みには……」

「それなら良かった」

本当に嬉《うれ》しそうな顔で笑う執事さんを、ぽうっとした顔で見つめるナナ。

そんな彼女を、どんな目で見たらいいのか分からない。

知り合いのこういう一面って、あんまり知りたくないものなんだなぁ……。

かといってナナから目線を逸《そ》らしても、どこを見ていいのか分からなくて、視線をきょろきょろさせてしまう。

そんな私の挙動を感じ取ったのか、ミレイさんが席に案内してくれた。

い、椅子を引かれて座るのなんて小学生の頃にあったマナー教室で行ったお店以来だよ……。

「はい、これ」

「あ、ありがとう」

隣に座ったナナが、メニュー表を私に渡してくる。

開いて見てみると、たしかにそんなにめちゃくちゃ高いものではなかった。私でも払える値段だ。

でも良心的ってほどじゃないから、やっぱりちょっとナナが麻痺《まひ》してるところはあるんだろう。

「ルルははじめてだし、アタシがおごるよ」

そんなことを思っていると、ナナがそう言ってきた。

どうやら、本当におごってくれるらしい。

「わ、本当?」

「もちろん。写真を撮らせてくれるお礼だよ」

「嬉《うれ》しいな」

「ふふ、微笑《ほほえ》ましいね」

再び現れたミレイさんは、真っ白い衣装を身にまとっていた。

って、え？　そんなに長い間離れていたわけじゃないはずなのに、どうして着替えているんだろう？？

早着替え？　アイドル？

「その衣装も素敵ですね！」

「そうかい？　どうもありがとう」

ナナはそんなこと気にならないのか、ミレイさんに対してキャーキャー言っている。

……ある意味で、本当にアイドルなのかもしれない。

店内にある撮影スペースで、ナナとミレイさんが写真を撮る。

次は私と一緒に撮ってくれるんだと思うけど、なんだかあんまり実感がなかった。

自分のこととしてまだ認識してないっていうか……。

そんなことを考えている間からあまり時間が経《た》たないうちに、ナナによって撮影スペースに押し込まれてしまった。

ミレイさんという執事さんと二人、カメラの前に立つ。

「えーと……こういうのって初めてなんですけど、どうしたらいいんですか？」

私は勝手が分からなくて、震える声で素直に問いかけた。

ミレイさんは私を安心させようとしているのか、にっこりと笑っている。

綺麗《きれい》な顔だなぁ……。

言われなきゃ、あんまり女性だって分からない感じだ。

「とってほしいポーズなんかはあるかい？」

「わ、分からないのでお任せで」

「それじゃあ、一緒にハートを作ろうか。片側を任されてくれるかい？」

ハート⁉　いきなり難易度が高い⁉　と思ったものの、それ以外にポーズなんて思い浮かばないし、お任せにしたのは私だし……と思い直し、おそるおそる片手でハートを作る。

そして、ミレイさんのハートと合わせようとする。

「ちょっと遠いな。もう少し近付いてきていいんだよ」

そう言ってミレイさんは、なんと私の肩を引き寄せた！

顔が近くてドキドキするし、なんだかすごくいい匂いがする……！

その瞬間、こちらを見ていたナナの視線に怒りが宿ったような気がしたけど、これ私は悪くないよね⁉

ミレイさんがサービス精神がすごいってだけだよね!?

そんなこんなで脳内が混乱しているうちに、撮影が終わっていた。

手元にはミレイさんと至近距離でハートを作っている私の写真があるので、無事に撮ることは出来たらしい。

私の表情が硬すぎて、自分のことなのに面白く思えてしまうけど……。

「おごろうと思ったけど、やっぱりおごらなくていい？」

再び席についてメニュー表を手に取ったナナが、そんなことを聞いてくる。

「な、なんでそんないじわる言うの」

「だって！　あんなに近付くなんて聞いてないし！」

「まぁまぁ、落ち着いてナナお嬢様」

またいつの間にか黒い執事服に戻ったミレイさんがテーブルにやってきて、ナナにぐいっと顔を近づける。

「そんなに私と近付きたかったのかな？」

「は、はい……」

一気に乙女《おとめ》の顔になるナナがちょっと面白い。

笑ったらまた怒られそうだから、笑わないけど……。

「ふふ、かわいらしいお嬢様」

「あ、え、ありがとうございます……」

ナナからちょっと離れたミレイさんは、小首を傾《かし》げてにっこりと笑う。

「かわいらしいお嬢様なら、約束は守るよね？」

「はい。約束してた通り、ルルにおごります！　ね、ルル？」

「え!?　あ、ありがとう……」

……なんだか、ナナの全てを見透かされているみたいでちょっと怖くなってきた。

でも、それも込みでナナは楽しんでいるのかな？

じゃあ、私が気にすることでもないよね。

そう思って、改めてメニューに向き直る。

ナナがおごってくれるんなら、値段をあんまり気にしなくていいから気が楽だ。

結局、私は今日のオススメだったパスタとオレンジジュースを注文した。

ナナは控えめにと言ってコーヒーだけ。

なんだか私が食欲旺盛みたいに思えちゃうけど、気にしなくていいよね？

高校生のうちからいっぱい食べるのはいいことってお母さんも言ってたし。

注文をとったミレイさんが、厨房《ちゅうぼう》に下がっていくのを、名残《なごり》惜しそうに眺めるナナ……。

けれどすぐに表情を元に戻して、私のほうに向き直った。

「どう？　ルル。楽しんでる？　よね？」

「ま、まぁ……」

そんなことを聞かれる。

私はドキドキしながらも頷《うなず》いた。

しばらくここに滞在していたせいか、だいぶ落ち着いて周りを見ることが出来るようになってきた。

右も左も、女性とはいえ格好良く着飾った人がいるのだ。

ドキドキしないわけがない。

こういう場には慣れないけれど、カッコイイ人を見ると自然とテンションは上がってしまうわけで……そういう楽しみ方をしてもいいんだよね？

みんな、カッコイイ人を見てカッコいいと思うために来てるんだよね？

だとしたら、ナナがハマってしまうのも頷ける。

いや、ナナくらいハマることはないだろうけど……それでも悪くないとは思えてきた。

落ち着いた今、写真を撮り直したいくらいだ。

「ミレイさん、カッコいいでしょ？」

ナナは、自信満々にそう言ってきた。

ナナが誇らしげなのは、なんでなのか分からないけど。

「うん、カッコいいと思う」

「アタシが先に推してたんだからね」

「は、張り合うつもりとかないし……」

「そう？　もっといっぱいお金かけたり、毎日通ったりしない？」

「しない……っていうか出来ないよ！」

そんなことをすれば、一瞬でお小遣いがなくなってしまう。

きっと二日が限界だ。

そこまで好きになれたら苦じゃないのかもしれないけど、今のところそこまで好きになれそうな感じはしていない。

……してたらそれはそれで困るけど！

「借金してでもってくらい好きになったらどうするの!?」

「なんでそんな興奮してるの!?」

っていうか、高校生のうちから借金はまずいでしょ……。

「……もしかして、ナナがそうなりそうなの？」

ギクッと、分かりやすい効果音が聞こえたような気がする。

「そ、そんなことないし」

「冗談で言っただけなのに、ありえそうなの……？」

「本当にそんなことないから！　そっちの方が、逆にミレイさんにも迷惑をかけるだろうし」

「それは本当にそうかも」

「知ったような口きかないでよね」

「本当に二人とも仲がいいね」

「はい！　大親友なんですよー。ね、ルル？」

「そ、そうなんですよー……ははは……」

……ミレイさんが来ると、なんだか口調まで柔らかくなっているような気がするのは、気がするだけなんだろうか？

もうよく分からなくなってきた。

混乱する頭で、届けられたパスタを食べる。

「うわ、おいしい……！」

本格的なイタリアンのお店で食べるパスタってこんな感じだろうなって想像していた味

がして驚いた。

来る途中にナナがご飯メニューにもこだわっていておいしいって言っていて本当かどうか疑っていたけど、どうやら本当だったらしい。すごい。

「おいしい？　それなら良かった」

そう笑うミレイさんがなんだかキラキラして見えるのも、きっと気のせいだ。

それからナナとミレイさんの会話するのを見ながら、パスタを食べた。

途中あんまりにもナナがナナじゃなさすぎて笑ってしまいそうになったけど、なんとか堪《こら》えた。

本当にキャラが違いすぎて困る……！

ナナは自覚があってやっているんだろうか？　それとも自然に？

どっちにしろ困ることには変わりはなかったけど、なんとかパスタを食べ終えた。

「そろそろ帰ろうか」

時間もかなり経《た》って、ナナも満足したらしい。

そう言って立ち上がるので、私も立ち上がった。

「いってらっしゃいませ。お嬢様」

「ひぃ……」

そしてミレイさんたちに見送られながら男装執事喫茶を後にした。

最後まで呆気《あっけ》にとられることばかりだったけど……。

「今日は楽しかったよ。ありがとう」

「そう、なら良かった。ハマりそう？」

「いや、ハマることはないかな……」

「そうなんだ。それならそれでいいよ」

「いいんだ」

「変にハマられて、アタシよりお金使われたら困るもん」

「そうなったら私も困るから……」

高校生のうちから借金は本当にまずい。

「でも、悪くはなかったよ。気分転換になったのは事実」

「アタシも特別な衣装を着たミレイさんと写真が撮れたから良かった。ありがとうね」

「そのお礼も、ミレイさんが言わせてるって思ったらなんか納得」

「なにそれ、意味分かんないし」

最寄りの駅についてから、ナナと別れて帰路についた。

ナナと別れてから疲れがドッときたようで、帰りの電車内で眠ってしまいそうになって危なかった。

またいつかみたいなことになりかけた。

私って本当にぼんやりしてるのかな、気をつけよう……。

○

男装執事喫茶に行った日から、しばらく経《た》ったある日のこと。

「あれ？」

なんとなく屋上に行きたい気分になったから行ってみると、そこにはすでにエリムとナナがいた。

二人はそれぞれのことをしているけれど視線はお互いを見ていて、ちょっとバチっている感じだ。

まるで縄張り争いをしているようなので近寄りがたかったけど、せっかく階段を上がってきたのにまたすぐに下がっていくのも面倒で、そのまま円になるような位置に座る。

「二人とも、進路のこととか考えてるの？」

話題がすぐには思いつかなかったので、自分の中で今一番悩んでいることのアドバイスを貰《もら》えないかとそんな問いを投げかけてみる。

二人はそれぞれにやっていたことの手を止めて、こっちに向き直った。

「アタシは占い師」

「まだその話続いてたんですか？」

「アタシが本気でなろうとしてたら、その発言は失礼だと思わない？」

「本気でなろうとしてから言ってくださいよ」

「いやでも、なってみたら楽しいかなとは思ってる」

「それはどの職業でもそうでしょう……」

「そうかなー？」

「ナナって、コンカフェ嬢とかしてそうなイメージあるけど……」

そこで私は、ボソリと呟《つぶや》いてしまった。

「いや、ないない！」

すぐにナナに否定されるけど、私としてはそこまで否定するようなことでもないんじゃないかと思う。

「いや、この前連れて行ってもらったところはそうかもしれないけど、途中ですれ違ったメイドさんがいるところは、ナナみたいな子がいっぱいいそうじゃん」

「それはちょっと、双方に失礼な発言じゃない⁉」

「コンカフェ？……って、なんの話ですか？」

その言葉に、私とナナは顔を見合わせる。そしてしまったと思った。

けれどナナは、強気の表情を崩さなかった。

むしろチャンスだと思ったのかもしれない。

「へぇ、お嬢様にも知らないことってあるんだ」

「あ、当たり前でしょう。そんなことで優位に立っていないで、教えてくれたって構わないのですよ」

「素直に教えてって言えばいいのに」

しばらく睨《にら》んだエリムにやれやれと言いながら、コンカフェについての説明を始めるナナ。

「コンカフェっていうのはコンセプトカフェの略で、様々な姿に扮《ふん》したキャストさんと楽しくお話をしながらお食事をしたりするカフェのことだよ」

「世の中には、そんなものが……」

ナナの説明の流暢《りゅうちょう》さもさることながら、そんな話を真剣に聞いているエリムを見ていて、なんともいえない感情が胸を埋め尽くす。

どういう状況なんだろう、これ……。

「そのコンカフェに、私を誘うことなく二人で行ってきたんですか……？」

誘われないのは、それはそれで寂しいと思っているんだろうか、きっと。

私が同じ立場だったらそう思っていただろう。

ナナたちとは友達というわけでもないのに、どうしてそう思ってしまうのかは分からないけど。

「だってお嬢様、来ないと思ったんだもん」

「漫画の材料になりそうなところだったら、どこにでも行きます」

「ふーん。アミューズメントホテルでも？」

「アミューズメントホテル……？」

あー、また変な知識を植えつけようとして。

好奇心を刺激したらどうするのと言う間もない。

それにそんなことを言ったら、余計にエリムは興味を持ってしまいそうな気がするから、呆《あき》れるだけにしておく。

「ごめん、なんでもない」

ナナは申し訳なさそうなこともなく、そう言って話を元に戻した。

「エリムちゃんも、コンカフェに行きたいのね？」

「ちゃん付けやめてください」

ゾッとしたような顔でナナを見るエリムだった。

ナナからちゃん付けされているメッセージが来た時の私も、こんな顔だったのかもしれない。

「エリムがコンカフェに興味を持ってくれたのは嬉《うれ》しいかも。私に及ばない範囲で、推しに貢献してほしいから」

「なんですかそれ。貢献とは……？」

「これよ」

ナナは手でお金を表現する。

生々しい話だ。

「エリムが貢献してくれたら、もしかすると推しが一位になるかもしれないし……あ、もちろん私より貢献するのはダメだよ？」

「はぁ」

「それに……推しが一位になったらもっとみんなのミレイさんになっちゃうかも……どうしよう？」

「どうしようとは？」

「推している身としては一位になってほしい気持ちもあるけど、そんなカンジであれよあれよという間にみんなのミレイさんになって近寄りがたくなってしまったら本末転倒だよね。どうせなら私だけのミレイさんでいてほしいんだけどそういうわけにはいかないし……」

「はぁ……」

ものすごく早口で、そんな悩みをボソボソと話しはじめてしまった。

なんというか……とてもオタクっぽい。

でもきっとナナ自身にはそういう自覚はないんだろう。

オタクっぽいって思われるの、嫌そうだし。

何なら独り言が口に出てるって思ってなさそう。

きっと、エリムも似たようなことを思っているんだろう。ちょっと引いている。

まぁ、それくらい好きってことだからいいことなんだとは思う、多分……。

「メイドもそのコンセプト？　とやらの一種にあるんですか？」

「そうそう。というか、一番メジャーなんじゃないかな？」

「そうなんですか。メイのような方がたくさん……？」

「多分、エリムが想像しているメイドみたいなものじゃないと思うよ……」

「え、違うんですか？？」

「それが最初の……ナナがいっぱいいいるって話になってて……」

「アタシがいっぱいいいるって表現、ものすごく失礼なんですけど!?　あと話の腰を折らないでよ、いいところなんだから」

「そ、そんな怒らなくていいじゃん！」

必死すぎてちょっと怖いまである。

何がナナをここまで……いや、ミレイさんなんだろうけど、どうしてここまで……。

ナナは咳払《せきばら》いをしてから、再び口を開いた。

「コンカフェにも種類がいっぱいあるって話はさておき、アタシが通っているのは男装執事喫茶。どう？　漫画の話のタネになりそうでしょ？」

「男装……執事……喫茶……」

それぞれの単語をゆっくりと繰り返すエリムは、明らかに混乱しているようだった。

多分私にとって難しい数学の問題を見たとしても、こうはならないだろう。

それなのに混乱しているさまが、なんだかちょっと面白く思えた。

人って知らない分野の単語を聞いて、ここまで動揺できるんだ。

「……男装している執事が運営する喫茶店ですか？」

しばらくしてから、エリムは口から絞り出すようにそう言った。

「そうそう。どう？　興味湧いてきた？」

「そうですね……興味深いことは深いです……」

「その『ふかい』は、不愉快のほうのふかいじゃないよね？」

「ちゃんと興味深いほうの深いですよ。なんでそうなるんですか」

「いや、エリムって堅物だから不純って感じるのかなって思ってたから」

「私は、すぐに不純だから良くないとは思いませんよ。そんなお母様みたいな考え、したくありません」

「なるほど」

まだエリムの家庭内で亀裂はあるのかもしれないと、その発言から思った。

漫画を描いているから、むしろより一層強くなっているのかもしれない。

それでもずっと描き続けているから、きっとエリムは強い。

だからこそ、私は置いていかれているんだろう。

そう思うと、自分がなんだか惨めに思えてきた。

強くもなれず、頑張れもせず、ただ毎日痛みを堪《こら》えているだけの私じゃ、きっといけないんだ。

それは分かっているけれど、どうやって変わったらいいのか分からない。

周りが変わっていく中で、ただ一人取り残されてしまう……。

「そこに今度連れて行くから。よろしく」

「……こちらこそ、よろしくお願い致しますね」

私がぼうっとしている間に、話はまとまったようだ。

ちょっとだけ楽しみな感じを出しながら、エリムは頷《うなず》いた。

でも、顔は不本意そうである。ナナに頭を下げるのが嫌なのかもしれない。その気持ちは、私にもあるからちょっと分かる。エリムに頭を下げるのは、そんなに気にならないのにな。

やっぱり、日頃の行いなのかもしれない。

ルル
なかなか症状がよくならず、
エリムとナナに差をつけられて
焦りを感じている。

## ◆露出過多少女の推し活1

「ナナちゃん！　最近は表情もより豊かになっているし、調子いいね！」

「そうですか？　ありがとうございます！」

表情が豊かになっている、か。

自分ではそんな自覚なかったけど、第三者から見てそう思われてるってことはそうなんだろう。

理由は単純だ。

ミレイさんに出会ってから、自分の中の感情がゆっくりと引き出されているような感じがする。

今までは、感情を表に出すこと自体を心のどこかで冷笑していた。

だから、感情を表に出すことを無意識に控えていたんだろう。

けれど今は、感情をきちんと表に出して相手に少しでも自分が思っていることを伝えないといけないと思えるようになった。

大きな進歩だ。

多分……いや、絶対。

それはミレイさんのおかげであり、ミレイさんがいたからだ。

あの人がいなかったら、私はきっとずっとあんまりなままだっただろう。

だから、これは感謝の現れだ。

感謝っていうのは、直接伝えないと意味がないだろう。

そんなことを言い訳にして、今日も喫茶店に向かっていた。

もうこの道にも、慣れたものだ。

目隠しをしても、駅から喫茶店まで行けるような気がするっていうのは言い過ぎかもしれないけど。

お店に着いて、ちょっと重たい扉を開ける。

「おかえりなさいませ。お嬢様」

「ただいま」

いつものように出迎えられる。

たくさんいる執事の中から、ミレイさんを見つけると顔が綻んでいくのが自分でもよく分かる。

「おかえりなさいませ。ナナお嬢様」

改めて言ってくれるミレイさんに嬉《うれ》しくなりつつ、促されて席についた。

「今日も、ミレイさんのオススメで」

メニューを見ることなく、そう言った。

「かしこまりました。……最近は、ずっとそう注文してくれるね？」

「ハズレがないですから」

いつもアタシが食べたいと思っているものが運ばれてくるので、心を見透かされているのかと思うくらいだ。

「お眼鏡に叶《かな》っているようでなによりだよ。それじゃあ、ちょっと待っていてね」

厨房《ちゅうぼう》に下がっていくミレイさんを見ながら、今日はこれからどうしようかと思考を巡らせる。

ツーショットを撮ってもらうべきだろうか。

それとも、ミレイさん単体の写真にするべきか……。

どっちも魅力的だから、すごく悩ましい。

一緒に撮っていただくのは至近距離で隣にいられるから、とても魅力的だ。

でも、単体でポーズをとってもらうのは当たり前のようにかっこいい！　素敵！　大好き！

私という邪念がいないからこそ、輝きも増しているような気もする。

そこに気付いてからは、いつも悩むようになってしまった。

本当に困る。

でも嬉しい悩みだから、ニヤニヤしながら考えてしまう。

気持ち悪い？

ここにいるお嬢様のみんな、同じ悩みでニヤニヤしてると思うから問題なし！　多分だけど！

「お待たせしました。今日のオススメはオムライスだよ」

「わー！　ありがとうございます！」

ちょうど卵料理が食べたかったから、嬉しい！

ゆっくりと食べながらも、頭の片隅では悩み続けている……この前はツーショにしたし、今日は単体でポーズをとってもらおうかな。

なにか特別なことがない限り、交互にやってもらうのがいいようなカンジがする！

「今日も学校お疲れ様。今日は何か変わったことあったかい？」

「いつも思ってたんですけど」

「ん？」

「その言葉って、なんだかお母さんみたいですよね」

その言葉に、ミレイさんが固まってしまった。

まさか固まってしまうと思わなかったので、悪いことをしてしまったのかもしれないと思って慌ててしまう。

「お、お母さんっていうのはたとえで……その……」

「……いや、間違っていないよ。私も、よく母から言われていたことを今思い出したから」

「そ、そうですか……？」

「ふふ、私の言葉だと思っていたはずなのに、自然と誰かの言葉になっていただなんて恥ずかしいな」

「恥ずかしいなんてことないですよ。お母さんの言葉をいつの間にか言ってるだなんて、ミレイさんも人の子なんだって思えます」

「本当にナナお嬢様は……私のことを、宇宙人だとでも思っているのかい？」

「同じ人間とは思えないくらいすごいとは思っています！」

「そう思われるのは光栄だけどね。同じ人間だから、そこは分かってほしい」

「はい！」

「お嬢様を疑うわけにはいかないけれど、本当に分かってくれているのか、少し心配だよ……」

苦笑しているミレイさんも可愛《かわい》らしくて、より一層好きになってしまう！

〇

エリムをコンカフェに連れて行くと決めてから数日後。

予定を合わせた結果、また学校終わりに制服で行くことになった。

何故《なぜ》かルルも一緒に行くことになったから、今度はおごらないからねと念入りに言っておいた。

そしてその予定の日。

アタシたちは、学校の玄関前に集まっていた。

「本当に行くの？　ハマってないって言ってたのに？」

「は、ハマってないけど……ナナがエリムに変なことをさらに吹き込まないか心配だからついて行く」

「頼りないですね……」

「そんなこと言わないでよ……！」

エリムからも酷《ひど》い言われようだ。

ま、ハブられることのほうが嫌なんだろう。

ルルのことだから、そうに違いない。

友達じゃないんだから、ハブられたって気にすることないのにね？

それから前と同じ道を通って、喫茶店に向かう。

「ナナがその喫茶店にハマっている理由って、なんなんですか？」

向かう途中に、そんなことをエリムから聞かれた。

「……長くなるけど、いい？」

「むしろ長いほうが面白いのでいいですよ」

面白いって何と思ったが、話せる機会も滅多《めった》にないことだから堂々と話そうと思って咳《せき》払《ばら》いをする。

「まずアタシって、求愛性症候群に悩まされてるじゃん？」

「まだ悩まされてたんだ」

「それはちょっと、色々あってまた悩まされるようになったっていうカンジなんだけど置いておいて」

また恋した上に失恋したって説明するのも嫌で、とりあえず悩まされるようになったってことだけを話す。

「それを、肯定してもらえたんだよね。それがすごく嬉《うれ》しくて、どうしようもなくときめいてしまって……」

「なるほど。肯定は、コミュニケーションにおいても大事ですからね」

「そうそう。それにね、モデルもコンカフェのキャストも私が私がって主張する人が多いと思うの」

「へぇ、そういうものなんですか？　よく分からないので、そこは肯定出来ないのですが……」

「そういうものなんだよ！　でもミレイさんはそんなことなくて、執事としてお客さんであるお嬢様を立ててくれるんだよ？　すごくない？」

「そのミレイさんという人が執事というコンセプトに徹しているのであれば、それはプロということなんでしょうね」

「そう！　プロなの！」

　エリムはやっぱりメイドが家にいるだけあって、話が分かるなぁ！

「さらにはその執事としての在り方が自然なんだよ」

「自然、ですか」

「そういうところにもインスピレーションをもらって、さらにモデルとしての勉強にもなっているっていうね。すごいでしょ！」

「……ナナが、ものすごくその人を好きだということは充分伝わりました。ねえ、ルル？」

「うん。それは前回から、ひしひしと伝わってきてる……」

「最終的にそれさえ伝われればいいから！　だから、同じく推しになったとしてもアタシのほうが先に推してたから、あんまり貢献しないでね！」

「それは分かってますし、ナナほどにまでハマることはないと思うので安心してください」

「そうかなー？　案外、めっちゃハマってたりして」

それはそれで面白いからそうなってほしい気持ちもなくはないんだけど、アタシ以上に貢献されると困るから、違う人でそうなってほしい。

「……私の心には、ずっと変わらず一人のメイドがいますから」

「あー……」

そういえばそうだった。

そういうことだったら、きっと本当にそこまでハマることはないだろう。

面白い姿が見られないのは、残念だけど。

「そういえば」

「そういえば？」

エリムが露骨に話題を変えてきた。もっとミレイさんの魅力を語りたいのに！

「駅を出てからちらほらとメイドさんの姿が見えますが、皆さん、その……」

「スカートが短い？」

なるほどと思いながら、言い淀んだ言葉をそのまま言ってみる。

「そ、そうですね。すごくセクシーです」

「そういうものだからね」

「そういうもの、とは？」

「あー……改めて説明するのってムズイから、そこは感覚で感じてっていうか……」

「感覚で感じるってどういうことですか？　さっきまで饒舌《じょうぜつ》だったのに、急に曖昧な説明になるのやめてください」

「アタシに全部求められても困るっていうの！」

不服そうなエリムからの質問をかわしながら、なんとか喫茶店に着いた。

前のルルと同じように目の前を通り過ぎようとしたエリムが、えっと言いながら立ち止まる。

「ここが、男装執事がいるという喫茶店ですか？　至って普通のお店に見えますが……擬態が上手《うま》い？」

「擬態って何、擬態って」

「擬態とは……他の物に様子を似せることですね。この場合は、普通の喫茶店に様子を似せていると言えるのでしょうか」

「いや、そういうことじゃないってば。やめて」

「はぁ」

擬態についての解説を始めそうになったエリムを、呆《あき》れ顔で止める。

ホント、そういうことじゃないんだってば……。

「あのね、本当にすごいんだからね」

「分かりましたから、とりあえず入りましょう」

大胆にも、エリムが扉を開けた。

変なところで度胸があるから、こっちのほうが驚いてしまう。

「おかえりなさいませ、お嬢様」

「なるほど……」

第一声がなるほどって何!?と思いながら、ミレイさんを探す。

「おや、今日もご友人と一緒なのかい？」

「あ、今日はちょっと、ここに興味があるって子を連れてきたんです……」

「そうなのかい」

ルルは友達ってことに出来るとは思ったけど、エリムは出来ないだろうと思って、用意しておいた言葉で返す。

ルルからは驚いた顔で見られ、エリムからは目を細められた。

……どういう感情なんだろう？　白々しいって感じなんだろうか。

「興味を持っていただけるのであったら幸いだな。いらっしゃいませ、お嬢様」

「あなたが、ミレイさんですか？」

「おや。私が名乗る前に名前を知っていただけているとは光栄だ。いかにも、私がミレイです。以後お見知り置きを」

「よろしくお願いします」

「こちらこそ、よろしく」

そうして二人は、なんと握手をした！

そういう触れ合い方もあるのだと分かり、戦慄する。

エリム、やはり侮れない。

「……なんだかバチってるような気がするのは、気のせいかな？」

「気のせいじゃない？」

ミレイさんとバチってどうするんだっていう気持ちが強くて、そう返した。

「それじゃあ、とりあえず座ってここに来るまでに動かした足を休ませてね」

「ありがとうございます！」

その心遣いが嬉《うれ》しくて、アタシは真っ先にお礼を言った。

するとエリムが驚いたような顔になった。

……ルルもそんなこと言ってたけど、アタシだってお礼くらい言うってば。

ただ、あんまり思わないから言わないだけで。

「それじゃあ、メニューを見て何を注文するか決めてくれるかな？」

そういって一様に、メニューを手渡された。

「大事なことなのに言い忘れてた！　ここは本格的な食事メニューが楽しめる上に紅茶もこだわっているから、すごいんだからね」

「そうなんですか……あの、このチーズケーキというのは、どういうものなんですか？」

「今日入っているのは、しっとりとした濃厚なやつだね」

「なるほど……それじゃあ私は、アッサムミルクティーとチーズケーキをお願いします」

しばらくしてから、エリムはそう言った。

ミレイさんは納得したように、注文を繰り返す。

「紅茶通だね？　もしかすると」

「ちょっと知っているだけですよ。……ありますよね？　アッサムミルクティーって」

「もちろん。お嬢様のためにご用意してあるよ」

「それじゃあ、お願いいたします」

「じゃ、じゃあ私もそれで」

つられたように、ルルもそう言って注文した。

ミレイさんが通と称する組み合わせが気になったけど、そんなふうに思われているエリムと一緒の注文にするのは気が引けた。

というか、ちょっと苛立ち始めている。

落ち着かないといけないのに、落ち着けそうにない。なんでミレイさんもちょっとエリムのこと気に入っているみたいな風なんだろう。

まだ出会ったばかりなのに。

「ナナお嬢様は？　ご友人たちと一緒にするかい？」

悩んでいると、ミレイさんにそう聞かれる。

「そうですね……お願いします」

ミレイさんにそう聞かれてしまうと、そうですすと答える他ない。

若干の後悔をしつつも、お願いしますと言ったからには後戻り出来ないと思って軽く拳を握りしめた。

「かしこまりました。アッサムミルクティーとチーズケーキのセットが三つ、ですね。それでは、少々お待ちくださいませ」

注文を取ったミレイさんが厨房《ちゅうぼう》に戻ると、エリムがまたなるほどと納得しているようだった。

「確かに、自然な執事としての接客ですね。セリフのひとつひとつはとても芝居がかっているというのに、違和感がないと思います」

「そ、そうでしょう？」

ミレイさんの良さがちゃんと伝わっているようで、自然と顔が綻んで嬉《うれ》しくなってしまう。

「私の家にいる執事はあそこまでフランクな口調ではないのですが……そこのギャップもまた、いいのかもしれませんね」

「そう！　そうなの！」

思わずエリムの手を握りしめそうになったのを、すんでのところでやめた。そこまでテンションを上げる場じゃないと思ったからだ。

代わりに咳払《せきばら》いをして、ゆっくりと頷《うなず》く。

「エリムにもミレイさんの良さが伝わって何よりだわ。おほほ」

「……現実のマダムは、おほほというかもしれませんが」

言葉にはせずとも、アタシには似合っていないと言いたいのだろうと分かった。そのくらい分かってると思いながらも、笑みを浮かべてしまう。

「ナナ、口元緩みすぎじゃない？」

「そうかな？」

ルルに指摘されて、口元を押さえる。

でもどうしても笑って緩んでしまって、なかなか戻らない。

「ナナ、楽しそうだね」

「楽しいっていうか、嬉しいんだよ」

「えっ？　どうして？」

「だって、アタシの推しが褒められてるんだよ？　そりゃあ、喜ばしいことでしょ！」

「そういうものかなぁ……」

いまいちピンときていないのか、ルルは首を傾《かし》げていた。

推しの良さを、人と分かち合うことも大事なのだと思う。

独り占めしたいって思うのも抑えられないけど、推しってアイドルみたいなものだから、みんなで良さを語り合った方がきっと楽しいだろう。

だからアタシは、ケーキと紅茶が運ばれてくるまでの間、出来る限りミレイさんの良さを語ってみせた。

ルルもエリムも、興味深そうに聞いてくれた。

だから語りがエスカレートして、とにかく好きとしか言葉が出なくなってしまった頃。

「お待たせしました。アッサムミルクティーとチーズケーキです」

ミレイさんともう一人の執事さんが、ケーキと紅茶を運んできた。

あれ？　ミレイさんの顔が真っ赤《まっか》なのはなんでなんだろう。

もしかして熱!?　だとしたら看病してあげたいかも……無理かな……？

「ナナお嬢様……愛を語ってくれるのは嬉《うれ》しいけど、少し恥ずかしいかな」

ミレイさんの一言で、私は我に返った。

いくらなんでも、語り過ぎた……？

「と、とにかくミレイさんが好きってことなんです！」

私は、そう弁明しながら紅茶を啜った。

熱いっ！
口の中、やけどしてしまう！
うう。こんなことになるんなら、やっぱり独り占めしたほうがいいのかも……。

# ◆帰宅不可少女に起きた偶然

漫画の資料にするためという口実のもとに好奇心で来た男装執事喫茶という場所は、思ったよりも楽しいところでした。

チーズケーキも美味《おい》しいですし、紅茶の種類も豊富のようですし……また来てもいいかもしれないと思えるほどには、楽しんでしまっています。

……ああ、そうでした。

うっかり場にのまれていましたが、資料用に写真を撮らなければ。漫研のメッセージグループに男装執事喫茶に行くと書いたら資料お願いと頼まれたので、しっかりしないといけません。

一応許可も、取った方がいいですよね？

なんて言えばいいんでしょうか？

素直に漫画の資料にするので……と言うべきなのでしょうが、ちょっと照れが入ってしまいます。

そんなことを考えていると、私はスマートフォンを落としてしまいました。

すぐに拾おうと思ったところで、それよりも早く別のお客さんが拾ってくれました。

「あ、ありがとうございます」

感謝の念を感じつつも、室内でも深めに帽子を被《かぶ》っている珍しい人だと思っていたところ、拾った際に下を向いたせいでバランスが崩れたのでしょうか。

帽子が、落ちて……。

「え、メイ……？」

帽子の下に隠れていたのは、何度も再び見ることを願った顔でした。

こんなところに、どうしているのでしょうか？

も、もしかしたら、よく似ているだけの別人ということも……。

……いいえ。私が、メイの顔を間違うわけがありません。

こんなところにいるわけがない。

しかしこの顔はメイでしかないという二つの相反した思いが浮かびます。

そのせいで、私はその場で固まってしまいました。

「え、エリム様……!?」

あぁ……。

反応からして、この方は本当にメイなんでしょう。

少し、やつれたでしょうか。

美しい瞳も、ややうつむきがちになっている気がします。

それは私が、私が……愚かだったから。

「……すみません。今日は帰ります」

私が自責の念に駆られていると、手のひらにスマートフォンをやんわりと載せられました。

そして彼女は執事さんにそう言うと、財布を取り出しました。

私に出会ってしまっては良くないのでしょう。

まるで逃げるような彼女に、胸が痛みます。

けれど私には、何をすることも出来ません。

「いいの？　彼女、なにか言いたげだったけど」

ナナに、そう問いかけられます。

去り際に固く閉じられていた唇は、途中まで開いていたようです。

それはもちろん、言いたいことはとてもたくさんあるでしょう。

けれど、去ろうとしているのです。

急いで私の前から去ってしまう彼女を引き留めたい気持ちは、山ほどあります。

しかし、自分がそれをしていいのかどうかを考えると、動くことが出来ませんでした。

「いいのです。これで、きっと……」

ようやく出てきた言葉は、本当に自分の言葉なのかを疑ってしまうほどに乾いていました

# ◆ルルの幕間《まくあい》2

謎の遭遇みたいなイベントが起きてからのエリムはどこかぼんやりとしていて、ずっと外を眺めていた。

外では絶え間なく誰かしらの人が動いているけれど、エリムはそのどれをも見ていない気がする。

さっきの人は、いったい何だったんだろう？

深く帽子を被《かぶ》っていたし、私の角度からはあんまりどういうことか分からなかったんだけど……。

なにかとても大事なことが起きたような気がしたけど、それも気のせいなのかもしれない。

とにかく、私が気にかけるようなことじゃないんだろう。

心配はしてしまうけど、そこまで気にしているほど余裕はないし……。

でも、改めてここは本当にすごいな。

ナナの言っていることの半分も理解は出来ていないような気がするけど、それでもいいということだけは充分に分かった。

私にお金があったら、本当に毎日っていうくらいに通っていたかもしれない。

お金がないから、そんなこと出来ないけど……。

いっぱい通っているナナが羨ましいな。

もちろん、自分でお金を稼いでるっていうのもあるだろうけど、それだって羨ましいことには変わらない……。

私には読者モデルだなんて大役、出来そうにもない。

体型とか顔とかもそうだけど、あんなにも堂々としていられる自信はないもん。

そもそも私なんかが応募してもきっと選ばれないだろうし……。

ああいうのって、やっぱりそれなりの基準があると思う。

それに、仮に選ばれたとしても私は絶対に行きたくない。恥ずかしいし……。

「そろそろ帰ろうか」

ケーキを食べてしばらく経《た》ってから、ナナがそう切り出した。エリムは無言で立ち上がって、早く帰ろうとしている。私も立ち上がって、リュックの中から財布を取り出した。

「そうだ、これ」

「はい？」

レジで会計をしていると、ミレイさんが私たちに小さな袋を渡してきた。中には焼き菓子が入っているみたいだ。

「えっと……これは」

「サービスだよ。今日来てくださった記念ということでね」

「そんな！　悪いですよ……」

慌てて首を横に振ると、ミレイさんが小さく笑みを浮かべる。

「こういうものは、受け取ってくれると嬉《うれ》しいかな。そして次もまた来てくれると、尚のこと嬉しいよ」

「はい！　もちろん来ます！」

「機会があればまた……」

ちゃんと言葉に出しているナナとエリムと違って圧倒されてしまって何も言い出せなかったけど、また来ようと決意してしまった。

焼き菓子は二つあったからお母さんと一緒に食べたけど、すごく美味《おい》しくてやっぱりもう一度行こうと思うのであった。

## ◆露出過多少女の推し活2

学校でのテストやらなにやらがちょっと忙しくて、しばらくカフェに行けなかったある日のこと。

テストの点もいつも通りだったし、そのご褒美としてカフェに向かった。

行く途中に、エリムを連れて行った時に妙なことが起きていたことに気付いたけど、今更だなと思ってしまった。

あれから結構経《た》ったから、エリムに聞いてもはぐらかされてしまうだろうし。

気にしないことにしよう。

ミレイさんは「久しぶり」って迎えてくれて、本当にお嬢様達のことを把握してるんだな〜と嬉《うれ》しくなってしまう。

……本当はアタシのことだけを把握してほしい、だなんてことは口が裂けても言えないけど。

きっとミレイさんを推しているお嬢様はみんな思っているだろうから、思うだけは許されたい。

「学校のテストはどうだったんだい？」

「もう完璧ですよ！」

「そうなんだ。私は学校の成績はイマイチだったから、ナナお嬢様に教えてもらいたかったよ」

「み、ミレイさんでも不得意なことってあるんですね⁉」

私は心底意外で、思わず大きな声で驚いてしまう。

「そりゃあ、あるよ。私を完璧超人だと思ってる？」

「……思ってる節はあるかもです」

「ふふ。それならそれで、光栄ではあるけどね」

そんな風にいつもと変わらない平和で穏やかな雑談をしている時、衝撃的な言葉がミレイさんの口から放たれた。

「そういえば近々お店でイベントがあるんだけど、ナナお嬢様は来ないんだね。どうしたの？　予定でも入ってた？」

「い、イベント⁉　ですか⁉」

聞き覚えのない単語に、思わず大きな声を出してしまう。

そんなの知らない。

どうしよう。

「そう、ちょっと大きな規模でね。チケットがもう少しで売り切れるところだったと思うんだけど……どうだったかな」

曖昧な言葉のまま、ちょっと待っていてねと席を離れてチケットの確認をしに行ってくれた。ちょっと、いやかなり不安になる。

もし、チケットがなかったら？

そう考えると、心臓が握りつぶされそうだ。

もちろん、そのイベントに行けなかったからってアタシのミレイさんへの愛がなくなるわけじゃない。それに、次のイベントだってあるだろう。

それでも、こんなに夢中になっている時に参加出来ないっていうのはなんだかとても悲しいことのように感じられた。

「ごめん。もうすでに捌《さば》けていたらしい」

そういうおっちょこちょいなところも可愛《かわい》いけど、今はそれどころじゃない。せっかくの機会なのに行けないなんて、そんなこと……。

「そういえばナナお嬢様、こういう話も知ってるかい？」

「何をですか？」

イベントの話で頭が真っ白になっているアタシに気づいていないのか、ミレイさんは興奮気味に切り出した。

「最近、この周辺をメイドが彷徨《さまよ》っているという話なんだ」

「え？　そ、そうなんですか」

メイドが、彷徨っている……？

ミレイさんにしては変なことを言い出したので、私は今度のイベントの設定だろうかと思ってしまう。

けれどそういうことを書いているポスターなんかもないので、なんなんだろうとモヤモヤする。

「あ、その顔は、信じてないね？」

「し、信じてないもなにもないのですが……え、本当の話？」

「どうやら本当の話らしいんだよね。同じ執事の中に、見かけたっていう子がいるから。その子が、そんな嘘《うそ》をつく理由もないしね」

「でも、メイドなんてこの付近にはいっぱいいるじゃないですか。それなのに彷徨うメイドって、一体どういうことなんですか？」

メイドカフェがあるんだから、メイドがこの辺りを歩いていても不自然じゃない。

「そこなんだよ。私も最初はそう思ったんだ。ナナお嬢様の言う通り、この辺りには、メイドなんて執事の数以上にいる。でもそのメイドの異質なところは、スカートの丈が長いってところなのさ」

「スカートの丈が、長い……？」

どういうことか分からずに、首を傾《かし》げてしまう。

「もっと都会に行けば、そういうクラシカルなメイドを売りにしているお店もあるだろうとは思う。けれど、この辺には少なくともないはずなのさ。つまり……」

「つまり……その人は自前のメイド服を着ているってこと？」

「ご明察」

まるで探偵のようなその仕草に、思わずときめいてしまった。

けれど、自前のメイド服を着ている人がいるだなんて、なんて地域なんだろうという思いが強くなってしまう。どこかの店のメイドになりそこねた腹いせかなにかだろうか？

性格が悪い。

「そのメイドが、彷徨《さまよ》ってるんですか？　警察、とかは？」

「それがね、ほとんどの人には見えないらしいんだ」

「ほ、ほとんどの人には、見えないってどういうことなんですか……？」

自前のメイド服ってことよりもヤバそうな話になってきていて、私は背中に悪寒が走るのを感じる。

それじゃあ、まるで幽霊みたいじゃないか……。

「その言葉の通り、見える子は限定されているんだ。かくいう私にも、見えなかったからね」

「そ、そうなんですね」

ミレイさんにも見えなかったのに存在しているなんて、逆に誰なら見ることが出来るんだろうか。

もしかして、また求愛性少女症候群絡みの話……？

「まぁそれは置いといて」

「置いといていいんですか!?」

置いておけないような、とんでもない話だと思うんだけど……

「都市伝説としては素敵だと思うけど、この周囲で起きているってところがダメだね。営業妨害にも等しいよ」

そんなことをお嬢様相手に言っていいのかと思ったけど、それくらい気を許してくれているってことなのかもしれないと解釈すると嬉《うれ》しくなった。

「でも、チケットは捌《さば》けているんですよね？　だとしたら、このお店ってすごいと思いませんか？」

「なるほど、そういう見方も出来るのか。さすがナナお嬢様」

小さく拍手をされて、嬉《うれ》しさが増す。

「そういえば、最近このお店にもメイドさんが来ているんだよね……」

しみじみと、思い出したようにミレイさんが呟《つぶや》いた。

「メイドさんが？」

この付近、いくらなんでもメイドさん多過ぎない？

「ああ、多分他店の人だと思うけどね。敵情視察なのかな？」

「人気店ならではですね」

「ふふ、ナナお嬢様は本当に嬉しい言葉ばかりをくださるね」

「だって好きなんですもん！」

そんなふうにキャッキャウフフと話をしていた喫茶店から帰って、我に返る。

イベント、どうしよう⁉

チケットが捌けていることを忘れていたミレイさんのお茶目な姿はカワイイと思ったけど、それをかわいいで済ませられないくらいには動揺している。

そんなことって、ある……？

SNSで検索してみると、高額転売を見かけた。

いくら行きたいとは言っても、流石《さすが》にこれに手を出すわけにはいかない。

そんなお金もないし、そもそも転売はいけないことだ。

転売チケットでイベントに入ったってミレイさんに知られたときには、きっとものすごく悲しまれるに違いない。

つまり今回のイベントを、アタシはただ指を咥《くわ》えて見ているだけしか出来ないってことで……。


そんなことって、ある⁉

○

「うー……！」

イベントがあるって分かっているのに、行きたいけど行けない。

その事実が、アタシの中で着々と大きくなってきていた。

ひとつ嫌なことがあると、モデルのほうにも影響が出てしまう。

目にハートマークは出なくなったけど、表情がやっぱりどこか暗くて影があるって言われてしまう。

この前はそれでもなんとかなる撮影だったから良かったけど、満面の笑顔が求められる撮影なんかになったら役に立たなくなってしまうだろう。

それは困る。

もうここまで悩むくらいなら、転売ヤーから買うのもありなのかな……？

そう思って、ＳＮＳをチェックしてみる。すると、該当のツイートは見つからなくなっていた。もしかすると、譲り手が見つかったから、消したのかもしれない。

これで本当に、イベントに参加する手段がなくなってしまった。

「ああ、終わった……」

自然とそんな言葉が口から出てしまうくらい、脱力してしまった。

見つけたあの時に、迷いなく買っていれば良かった。

お金なんて一生懸命モデルをやって手に入れれば良かったのに、どうしてチキってしまったんだろう。

ため息しか出ない。

それでもしばらくネットで探しているうちに、転売しているアカウントがメイドのサムネであることに気がついた。

……これ、もしかして敵場視察しているメイドさんが買っていっているのでは？

敵場視察どころか、邪魔をしている？

だとしたら許せないことだ。

それか、彷徨《さまよ》えるメイドっていうやつの仕業なのかもしれない。そもそも彷徨えるメイドってミレイさんも営業妨害って言っていたし、そっちが悪者の可能性のほうが高いような気がする。

悪者がいるんなら、なんとかしないといけない。

懲らしめに行こう！

アタシは不思議と、そう思っていた。

イベントチケットが手に入れられなかった腹いせもあるけど、ミレイさんが営業妨害って言っているんなら早めに対処するべきだろう。

よし！

明日にでも、コンカフェの周辺で探してみよう。

今のアタシは無敵なんだから、きっと見つけられるはずだ！

○

『ミレイさんのところで今度やるらしいイベント、転売屋のせいで行けなくなっちゃった！』

むしゃくしゃした気持ちを誰かにぶつけたくなって、そんなメッセージを求愛性少女症候群を解決するために作った三人のグループに送った。

すぐに既読が一件つく。もしかしてルルかな？

『なんの話ですか……』

と思ったら、エリムだった。

言い方からして、呆《あき》れていることがよく分かる。

『言葉の通り。転売屋のせいで、イベントのチケットがなくなっちゃったの』

『転売屋が悪らしいというのは、私も漫研の方々からうかがっているので話はなんとなく分かるのですが……イベントとは？』

聞かれて、イベントの詳細を知らないことに思い至った。

『分かんない』

『なんですか、それ』

　また呆れているのが、なんとなく読み取れる、

『分からないけど、参加したかったの！　それなのになんか敵情視察に来ているメイドだか彷徨《さまよ》えるメイドだかが、そのチケットを転売しているの！』

『メイドが、ですか』

『メイドが転売しているって、なんかシュールだね……』

　ルルも来たので、私は二人に詳しい経緯を説明した。

　かなりの長文になってしまったけど、二人なら読んでくれるだろう。きっと。多分。

『なるほど……でも彷徨えるメイドって人は、本当にいるみたいだね。裏のアカウントだと結構見たって人が多いよ』

「へぇ……」

『本当にそうなんだ』

　ミレイさんがあれだけ説明してくれたから嘘《うそ》だとは思っていなかったけど、ルルからそんな情報をもらえるとは思わず、思わず感嘆した。

『メイドがその辺を彷徨っているんですか？』

『そうそう』

『それは……なんというか……』

『なんというか？』

『なんでもありません！　明日も部活なので、早めに寝させていただきますね』

『熱心だなー。おやすみ』

『おやすみなさい』

そこでメッセージのやり取りはお開きになった。

なんてことはない、オチもヤマもないやり取りだった。

面白かったとも、言いづらい。

でもルニ人に話したことでより一層踏ん切りがついて、しかもルルの言葉で明日やることに対する自信がついた。

頑張るぞ！　むん！

# ◆エリムの幕間《まくあい》1

「メイ……」

私はあの時、追いかけるべきだったのでしょうか？

テストがあるからと、無理やり忘れようとしていましたが……ルルのメイドという言葉から、メイを連想してしまいました。

喫茶店で出会った彼女は明らかに、こちらを避けていました。

それにきっと、もう会うなと私の両親から釘《くぎ》を刺されているでしょう。

それなのに追いかけても、ただの迷惑になるのではないか……。

そんなことが頭によぎって、あの場では追うことが出来ませんでした。

しかし、それは私の心を完全に無視しています。

私は、出来ることならメイと会いたい。

もう一度話をして、出来ることならまた……また？

また、二人で逃げようとするのでしょうか。

それとも、もう逃げないからメイドとして戻ってきてほしいとでも言うつもりでしょうか。

どちらもバカバカしくて、思わず口から乾いた笑いが漏れ出ます。

どうなりたいか。

それは分かりません。

話をした上で、もう二度と会わないということになるかもしれません。

話を拒絶されるかもしれません。

それでも話をしたい……というのが私の本心です。

とはいえ、もう一つ悩むことがあります。

昔は、メイしか私を肯定してくれなかったかもしれません。

ですが、今の私にはたくさんの肯定してくれる人がいます。

そんな中でメイと会って、いいものなのでしょうか？

あの時の私は、肯定してくれるなら誰でも良かったのでしょうか？

そうではないと、私は思います。

そう思いたいというのが正しいのかもしれません。

それに、たとえそうだったとしても、今までずっと変わらず私を肯定してくれたのは世界でメイだけです。

それならば、会いたいと思うのは　普通のことではないでしょうか。

でも、どうやったらまた会えるのでしょうか……？

まったく見当がつきません。

今どこにいるのか……メイドの誰かが知っていたとしても教えてくれることはないでしょう。

それどころか、また家出する可能性があると両親に告げ口されるかも……それだけは避けなければなりません。

もしかして、またあの喫茶店に行けば……会うことが出来るのでしょうか？

エリム
絵を描くことで、
症状はよくなっているが
過去を引きずっていて……。

# ◆露出過多少女の推し活３

自暴自棄に……いや、無敵になったアタシは、彷徨《さまよ》えるメイドの噂《うわさ》を信じた上でその人物が転売ヤーだと思い、コンカフェの周辺をあてもなく歩いていた。

こんな目的でコンカフェの周辺に来るなんてと思いつつ、ちょっと楽しみなところもある。

幽霊みたいな存在に出会えるって思ったら、ワクワクしてこない？

いや、多少は怖いっていう感情もあるけど……メイドが襲いかかってくるわけないっていう思い込みもある。

人に仕える存在が、人を襲うなんて思えない。

何より襲いかかっているんなら、もっと大ごとになっているだろう。

だからきっと、大丈夫。

そんなことを考えながら歩いていると、道路の真ん中にクラシカルなメイド服を着ている女性が座っていた。

メイド服はこの辺では珍しくないけど、清楚《せいそ》な長いスカートは珍しい。

彼女は時々女の人に避けられながらも、そこに確かに存在している。

おそらくあれが、彷徨《さまよ》えるメイドなんだろう。

アタシは、おそるおそる彼女に近づいてみた。

近づいてみる途中で、とあることに気がついた。

彼女は、以前喫茶店でエリムと話していた女性で間違いなかった。

放心しているようで、目線がどこを向いているのか分からない。

呼吸をしているっぽいからきっと生きているんだろうけど……それ以外のことに注目してみると、まるで死んでいるかのようだった。

だからきっと、彷徨えるメイドとして怪談話のように語られているのだろう。

「あなたが、彷徨えるメイド？」

アタシはさらに、勇気をもって話しかけた。

この前に見た時よりもずっとすさんだその目は、アタシを見て一瞬だけ驚いたように見える。

けれどまたすぐに、真顔へと戻った。

その表情の徹底ぶりは、本当にメイドのように思えた。

「……どうして、見えるんですか？」

彼女は、思っていたよりもしっかりした声色で問いかけてくる。

そう聞かれても、アタシにもどういう原理なのかは分からなかった。

きっと、求愛性少女症候群なんだろうってことだけは分かるけど……。

「それは分からない。だから多分今、アタシすごい視線を浴びていると思うんだけど……良ければ、別の場所で話さない？」

「ああ、それなら場所を変えたほうがいいですね。分かりました。ちょうどいい場所があるので、ついてきてください」

彼女は、アタシの提案に納得した上で承諾した。

ちょうどいい場所ってなんだよと思ったけど、彷徨えるようになってから見つけたような場所なんだろうと察して、あまり深く突っ込まないでおく。

近くのお店の裏、誰もいないし注目もあんまりされないだろうところに場所を移した。

「エリム様の、お友達ですよね？」

「ん？　まぁ友達ってほどじゃないんだけど……話すことは話すかな」

「そうなんですか……」

彼女は、明らかに落胆したようだった。

おそらく、エリムの友達だってことを否定したのが悪かったんだろう。

それくらいは、アタシにも分かった。

メイドなのにそんなところは表情が露《あら》わになるんだと思いつつ、フォローを入れた。

「エリム、ちゃんと友達いるっぽいから大丈夫だと思う。最近は漫研で絵も描いて、毎日充実してるっぽいし」

「……それなら、良かった」

一瞬で安心した表情になる彼女を見て、彼女にとっては本当にエリムが大切なんだと理解する。

それなのにどうしてエリムのところに行かずこんなところにいるのとか、どうしてあの喫茶店にいたのとか、本当にこんな状態の人間が転売をしているのか、いろんな疑問が浮かぶ。

けれど彼女の方が先に、疑問をぶつけてきた。

「……どうして、話しかけたんですか？」

「え？　いやー、たまたまだよ。たまたま。ちょっと、話題の人と話してみたいなと思って」

まさか自暴自棄になって、ちょっと肝試し的な感じで話しかけたとは本人を前にして言えなかった。

失礼になるだろうし……。

けれど彼女は、「なるほど、肝試しですか」と納得しているようだった。

「……何？　読心術でも会得してるの？」

「貴方《あなた》の表情が分かりやすいだけですよ」

「えー？　こう見えても、ポーカーフェイスには自信があるのに……」

「全然ですよ」

「そこまで言わなくたっていいじゃない！」

ああ。エリムのメイドだけあってクセがあるなと、今更ながらに思う。

というか、どことなくエリムっぽい。

もしかすると、この人の性質を無意識に真似《まね》して今のエリムが出来ているんじゃないか、とすら思ってしまう。

「エリム様のところに行かないのは、彼女のご両親に会うことを禁止されているからです」

「そうなんだ。それでも会いたいんじゃないの？」

彼女は肩を震わせる。

どうやら図星らしい。

どこまでもエリムのことなら分かりやすくなる人のようだ。

ちょっと面白い。

「会いたいんなら、バレないようにして会えばいいじゃん。ダメなの？」

「ダメですよ。当たり前じゃないですか」

「会いたいのに会わないの？　バカみたい」

「バカですよ、私は……」

あえて挑発的な言葉を使ってみたが、どうやら逆効果だったらしい。

彼女は目を伏せて、分かりやすくへこんでしまった。

っていうか、そんな簡単にへこむんだ。

ちょっと罪悪感。

「……そ、それよりさ、なんで男装執事喫茶にいたの？　しかもなんか、常連ってカンジだったじゃん」

気まずくなった私は、話題を変えた。

「話すと長くなりますが、いいですか？」

「出来るだけ手短にお願い」

彼女は一瞬考えるように顔のふちに手をやってから、口を開いた。

「エリム様が漫画を描かれているとかつての仕事仲間から教わった私は……」

「あ、それは伝わってたんだ」

「……そうですね。たまたま、教えてくれる人がいらっしゃったので」

「それで？」

「久しぶりに漫画を読もうと、この辺りに買いに来たのです」

「わざわざここまで？」

「ここくらい栄えているところで買った方が、エリム様に近づけるかなと思ったものでして……」

　そこまでするくらいなら早く会った方がいいんじゃないかと思いながらも、何も言わずに続きを促す。

「そこでたまたま、お店のチラシを懸命に配っているミツキさんに出会ったのです」

「ベタな出会いだね」

「べ、ベタとか言わないでくださいよ」

「そう言われても」

　っていうか、メイさんの推しはミツキさんって言うんだ。

　最初からミレイさんと会っていたから、全然顔が分からないや。

　っていうかもしかして、あのお店は「ミ」から始まる名前じゃないといけないみたいな決まりでもあるんだろうか？

　全員そうだとしたら、もしかしたらハンネみたいなものなのかもしれない。

　本名だとは思ってなかったけど……こんな形でそうかもしれないと知ってしまうのは、なんだか複雑！

「あとこれが本題なんだけど……イベントのチケットの、転売とかしてる？」

「……どうしてですか？　それはいけないことではないですか」

「いや、そうなんだけど……転売しているＳＮＳのアカウントのアイコンが、メイド服だったから」

「そんな理由で、私を探して話しかけることまでしたんですか？」

「うっ」

　全部行動目的が知られてしまった。

「と……とにかく、メイさんが転売しているわけじゃないのね？」

「私は転売なんてしていません。それに、あなたは転売サイトなんて見ずに真っ当にチケットを手に入れてください」

「でも、どうしてもイベントに行きたかったんだもん！」

　メイさんに当たってても仕方がないことだと思いつつも、アタシはそんなふうに振る舞った。

するとメイさんは呆《あき》れてため息をつきつつ、メイド服のポケットから紙のようなものを取り出す。

「もうあのカフェにも行かないと思うので、良かったらこれを」

そう言って差し出されたのは、なんと近日中にカフェで行われるイベントのチケットだった！

これはきっと、アタシが取り損ねたチケットなんだろう。

それが今、こうしてアタシの元に来たって考えると感慨深いものがある……。

とにかく嬉《うれ》しい！

「ありがとうございます！」

高校生になってからはじめてになるくらい全力のお礼をメイさんに告げるのであった。

「エリムお嬢様のことも、良かったら気にかけてくださいね」

「それはまぁ……気が向いたら」

「はい、気が向いたらでいいので」

本当にどこまでも、エリムのことにしか興味がなさそうな人だ。

どうにかして二人を会わせてあげられたらと考えそうになって、やめた。

そこまでするような関係性じゃない。

○

ワクワクしながら、メイクをする。

メイク自体結構好きなことだけど、今日はいつもにも増して楽しい。

だって今日は、ミレイさんのところでイベントに参加する日だから！

今日がなにもない休日で良かったと何度目になるか分からない感想を抱きつつ、準備を進める。

イベントの主役はあくまでミレイさんたちだからそこまで目立たないように。

でも個性まで埋もれてしまわないようにと思いながら見た目を整えた。

「どこ行くの？」

ずいぶん前に仲直りしたお姉ちゃんに聞かれる。

「内緒ー」

「まさかデートじゃないよね？」

「そんなまさか！　それよりもっと楽しいことだよ」

「それよりもっと楽しいことか。良かったね。いってらっしゃい」

「うん、行ってきます！」

お姉ちゃんに手を振って、アタシは早めに家を出た。

もう慣れたいつもの道を、なにか起きてお店に行けなくなってしまわないように慎重に歩く。

こういう時に限って、前のルルみたいに変なのに絡まれたりするんだよね……そう思ったから、早く出てきたんだけど、今のところ大丈夫そうだ。

そう思っていると、いつもの喫茶店の姿が見えてきた。もうすでに多くの人で賑わっており、本当にイベントの日なのだと理解する。

列に並んで、お店の中に入れる時間を待つ。待っている間もお店の中がちょっとだけ見えて、ミレイさんが頑張っているのが見えてニヤけてしまった。頑張っているミレイさんを外側から見るのも、それはそれで……いや、どうせなら向かい合いたいからそこまではなれない。

しばらくしてから、お店の中に入れるようになった。

「まさかナナお嬢様がこのイベントに参加するとは、思ってもいなかったよ」

ミレイさんにそう言われて、私は本当にイベントに参加できているんだという実感が強くなった。

ミレイさんにとってはささいなイベントかもしれないけど、私にとっては無事に参加することが出来た最初のイベントだ。

「楽しんでいってね」

「はい！」

ミレイさんの言う通り、めいっぱい楽しまなくっちゃ。

「……あ」

席についてミレイさんが一瞬離れた隙に、ふっと指が自然と裏アカにアクセスしていた。

そこには、過度に露出しているアタシの姿が映っていた。

前までのアタシだったら「イイ出来♪」とか思っていたんだろうけど、今のアタシは違った。

こんなことして、何になるんだろう。

自分の体を大切にしなきゃいけないとか、高校生の身でこんなことをするだなんてハレンチだとかそういうことを思ったわけじゃなく、ただ単純に何になるのか分からなくなった。

何になるか分からないのに、露出をしているという事実と、そこまでしなければ承認されなかった自分の欲求が怖くなった。

「……えいっ」

だからアタシは意を決して、裏アカを消した。

今のアタシには。もうこのアカウントは必要ない。

アカウントを消しただけなのに心だけじゃなく体まで楽になるような感覚に、思わず笑ってしまった。

どんだけ肩肘張って生きてたんだろう。

もう変に注目を集める必要もないし、炎上することもない。

そう考えると、楽になるのも当然かもしれないと思った。

そういえば、ルルは裏のアカウントについて触れてたからまだアカウントもあるんだろうけど……エリムはどうなんだろう？

もう消してるのかな？

でも親との確執がまだあるから、それを吐き出す用のアカウントとして残している可能性もある。

まぁどっちでもいいかと、アタシは思った。

裏のアカウントを持っていようが人の本性はあんまり変わらないわけだし、こんなところに来てまでエリムのことを考えるなんて間違っている。
今は、ミレイさんのことだけを考えよう。
推し活最高、と！

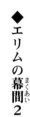

# ◆エリムの幕間《まくあい》2

「どうしたの？　暗い顔してるけど……」

漫研の部室で、漫画から顔を上げたユズハに声をかけられます。

今回ばかりは彼女の勘がいいというよりも、私が誰が見ても分かるくらいの暗い顔をしているせいでしょう。

絵を描いている間ならば忘れられるかと思って部活動をしに来てみたのですが、どうやらダメだったようです。

それを証明するかのように、今日は全く筆が進んでいません。頭の中も真っ白で、描きたいものも浮かんでこない状況です。

「……暗い顔になってしまうほどの出来事が、あったのですが」

「そうなんだ。どういうの？　良かったら話してみてよ」

前に私を肯定してくれていた唯一の存在であるメイと再び出会って、どうすればいいのか分からなくなっている……とは説明が出来ません。

良かったら話してみてよという厚意に背くこととなってしまい、ちょっとだけ罪悪感を覚えます。

「ちょっと、説明が難しいことなのですが……」

「うんうん」

「えーと……」

……ユズハはもう聞く準備が出来ているという風でしたので、私は出来るだけかいつまんで話してみようとちょっと考えます。

この問題で私が一番頭を悩ませていることを簡単に説明すると、どこが問題になるんでしょうか……？

「……昔にあまり良くない別れ方をした知人と再会したのですが、どのように向き合うべきか分からなくって」

結局、そんな物言いになってしまいました。

でも、端的に言うとそんなところだと思います。

「良くない別れ方？」

「う、はい。とにかく、良くない別れ方です」

私と一緒に家から逃げてほしいと言ったなんてとても言えないので、私は曖昧に頷《うなず》きます。

「どのように向き合うべきって、普通じゃダメなの？」

ユズハらしい疑問に、私は思わず動揺してしまいます。

それが出来たら、どれだけいいか。

ユズハだったら迷いなくそれが出来るのでしょう。彼女のそんなところを、羨ましくも思ってしまいます。

「普通じゃダメではないと思いますが……まず、知人は私ともう会いたくないんじゃないかと思ってしまって」

「そんなことないよ。良くない別れ方をしたんなら、なおさらちゃんと話をしたいって思ってるんじゃない？」

「そう、でしょうか……？」

それはとても、希望に満ちた答えでした。

「そんな感じの言い方だとしたら、エリムは不本意だったんでしょ？　だったらきっと、その相手も不本意だよ。ちゃんと話せば、また前みたいないい関係に戻れるんじゃないかな？」

「……なるほど」

明るいユズハに話しているからこそ、こんなにも私が望んでいる答えが返ってきているのでしょう。

でも、だからこそ希望が持てました。

もしかしたら、向こうは関わるなと言っているであろう両親のことを除いても、話したくないかもしれません。

私の顔も、見たくないかもしれません。

でももしかすると、何万分の一の可能性だとしても、ちゃんと話してまたいい関係に戻れるのだとしたら、私は戻りたいと思います。

「ちゃんと、話をしてみようと思います」

私の声は、思ったよりも震えていました。

けれどそんな私の手を、ユズハの手は優しく包んでくれます。

「きっと大丈夫だよ！　エリムなら、その人とまたいい関係になれる！　信じて！」

これはユズハを信じてという意味も込められているのでしょうが、自分を信じてという意味合いのほうが強いのでしょう。

自分を信じる。

今までの私ならそんなことをしてもどうにもならないと嫌悪していたかもしれません。

しかし、漫研で日々を過ごした今の私なら出来る気がします。

さっそくメイと接触したというナナに詳細な居場所を教えてもらうために、メッセージを送りました。

『メイと話す決意が出来ました。居場所を教えてもらえますか？』

# ◆三人のその後

エリムから連絡があったと、ナナからメッセージをもらった翌日。

私たちは、いつもと同じく屋上に集まっていた。

土曜日の特別講習だからナナが本当に来るのか不安だったけど、ちゃんと来たのには驚いた。

私が驚いていると、ナナは「失礼な」と言いながら睨《にら》んできた。

ほとんどの生徒が強制参加になっている講習とはいえ、ナナが出てるイメージがないんだもん。

うーん……。

それに、なんでこんないつもいつも、律儀に屋上に集まってるんだろう。

なんか、カフェとかに集まりたい感じがする。

いや、もちろんそこは普通のカフェでお願いしたいんだけど……。

でもエリムやナナはともかく、私はお小遣いに限度があるからそんなにカフェには行けないんだよね。

バイトとか始めてみたい気持ちはあるけど、これ以上人と関わりたくないから難しいっていうか……。

「単刀直入に言うと、私もメイさんの居場所は知らない」

私にはあんまり関係のない話に、思わず脱力する。

「そんな……会ったんじゃないんですか⁉」

「この前はたまたま会えただけだったみたい。念のため、別の日に行ってみたらいなかったから」

二人の会話を、どこか遠くから聞いてしまう。

どうして私まで呼ばれたんだろうと思っていたら、ナナからぐいっと肩を引き寄せられた。

まるで私も無関係じゃないって言われてるみたいで、ちょっと嬉《うれ》しいような……。

「だから、三人で探そう」

「え、私ってそういう要員？」

喜んだのも束《つか》の間《ま》に驚いてしまって、思わず口を挟む。

あろうことかナナは、大きく頷《うなず》いた。

そんなことで呼ばれたんだ……。

ナナは私のことを、なんだと思っているんだろう？

けれどそんな私の考えなんて分かっているのか、ナナはまぁまぁと言いながら手をお金の形にした。

なんで今？　どうして？

「いや、今のエリムなら、探し当てたらお金とかくれるんじゃないの？」

「それは……やぶさかではないですが……」

やぶさかではないんだ。

「そうじゃないと困るよ。アタシもタダでこんなことやりたくないしさ」

そうだった。ナナ自身がそういう子だったんだ。

そして何度でも繰り返すように、私たちは友達じゃない。

動かすのが情じゃなくてお金っていうほうが、納得がいく。

「……じゃあ、ちょっとやる気出てきたかもしれない」

とはいえこんな風に乗せられるのは単純だなっていうのは自分でも分かるけど、お金がないって思ってたから好都合としか言いようがない。

「先に見つけたらいいんだよね？」

「同時に見つけた場合はどうなるの？」

思わず前のめりになってしまった私たちに、エリムは困惑の表情を見せる。

「探してくれるだけありがたいので、そこまで言うならなにかおごりますよ……」

「じゃあアタシ、ドレスコードが必要!?って思っちゃうくらい格式高い例のカフェに行ってみたいな！」

「わ、私もそれで！」

思わず乗っかってしまってから、もっと違うことを頼めば良かったかもしれないと思ったけど、すぐに出てくる願いがなくて閉口してしまった。

アタシの人生って、いつもこうかもしれない……。

いやでも、そんな格式高いカフェに行けるんなら、悪くないのかも？　ちょっと楽しみになってきた。

「それで探してくれるんなら、いくらでもどうぞ！　早く行きましょう！」

「確かに！　暗くなると治安が悪くなる地域だから、早く行ったほうがいいね！」

二人が立ち上がったので、私も立ち上がる。

そうか。そう考えると、ちょっとしたタイムリミットもあって本当に大変なことなのかも。

私も慌てて立ち上がって、荷物を持って屋上を後にする。

そこから学校を出て電車に乗り、男装執事喫茶付近の駅についた。

付近には、コンカフェのメイドさんがちらほらといる。

「スカートが長くていかにも本場のメイドですみたいな姿をしているのがメイさんだから、分かりやすいと思う」

「なるほど」

「分かりました。早く見つけて帰りましょう」

「ど、どこに帰るの？」

気になったので、聞いてみる。

メイさんを見つけた後に帰る場所って、どこなんだろう？

「……考えてませんでした」

「だろうね」

いつも冷静なエリムなのに、何も考えていなかったらしい。

ナナは分かっていたらしく、そんなエリムを鼻で笑った。

いつもならエリムが睨《にら》み返すところなんだろうけど、今回ばかりは自分に落ち度があると分かっているのか、唇を噛《か》んで黙ってしまった。

「それについては心配ないから、とりあえず探そう」

「本当ですか……？」

「まっかせて☆」

今はウインクしてまでそう言うナナを信じるしかないと思ったのか、エリムはゆっくりと頷《うなず》いた。

「それじゃあ……ちょっと分かれて探しましょうか」

ナナから言われた情報を頼りに、まだ早い時間だからと三人でバラバラになって探してみる。

途中で前みたいにメイドさんに話しかけられそうになったけど、なんとか切り抜けられた。

多分お金がかかってるから、私も真剣なんだろう。

でも、一向に見つからない。そんなに広い場所というわけでもないから何度もナナとエリムとはすれ違うのに、長いメイド服を着た人とはすれ違えない。

これが、彷徨《さまよ》えるメイドと言われていた所以《ゆえん》なんだろうか。

「本当に、この辺にいるんですか……？」

しばらくして、三人とも集まった時に、エリムがナナに問いかけた。

エリムが、ナナをじっと睨《にら》みつける。

ナナはまるで見つからないのはアタシのせいじゃないとでも言いたげに、目線を逸《そ》らした。

「流石《さすが》にこの辺、暗くなってきたら危ないよ。早めに見つけるか、諦めるかしないと」

「じゃ、じゃあ今日のところは諦めて帰ったほうがいいんじゃ……」

「早く見つけてあげないと！」

エリムが叫んだ。

ほとんど泣きそうな姿に、私も心が痛んだ。

周りからの視線も気にせずに、自分の思いを吐露しているんだ。

そのなりふりの構わなさを見ていると、確かにお金くらい出して探してもらうのも頷けた。

その時、エリムの背後に気配があった。

その気配は徐々に現実味を帯びて、人として現れる……。

「お待たせして申し訳ありません、エリムお嬢様」

「メイ……!?」

エリムが振り向いた先には、なんとメイドさんが立っていた。本当に長いスカートで、人に仕えるためのメイドなんだと理解する。

以前見かけた姿よりも、だいぶやつれているような気が……。

それだけこの付近を彷徨《さまよ》っていたということなんだろうか？

「見られたくなくて……見つけることがきっと貴方《あなた》の不幸になるだろうと思い、隠れておりました」

なるほど、だから見つけられなかったんだろう。

どういう原理かは分からないけど、求愛性少女症候群ってそういうものだ。

「しかし、そこまでして見つけていただいているならばと思い……」

「メイ……！」

エリムは、メイさんに抱きついた。

彷徨えるメイドであるメイさんに抱きつくのって……これ、他の人からはどう見えているんだろう？

そんなことを真っ先に思ってしまった私は、きっとロマンとかが欠如しているんだろうな……。

「感動の再会ってやつ？」

ナナもどこか冷めた目で見ているので、私だけが欠如しているってわけじゃないんだろう。そうに違いない。

「でも、見つかったけどどうするの？」

「誰にもバレずに、匿《かくま》える場所に行こう」

「……どこ？」

本当にどこだろう？　誰かの家、とかかな？

「アミューズメントなホテル」

「えっ」

えっ？　アミューズメントなホテルって、明らかに隠語だよね？

え、え？　本当にそういう……ホテルに行くの!?

意気揚々と歩くナナの後ろに三人でついて行ってたどり着いたのは、ピンク色に光り輝く建物だった……!?

○

「……誰にもバレずに匿える場所って言うから、誰かの家か何かかと思った！」

「それぞれの家なんて、真っ先にバレるでしょ」

そうなんだろうか？

そう思ってエリムの方を見たら、静かに頷《うなず》いた。

だとしても、ここはどうなんだろう……。

「でも、こんなところに来てるってエリムがバレたら、まずくない？」

「大丈夫大丈夫。ここは子どもでも来られるようなところだから、そんなに悪いわけないでしょ」

ほ、本当にそうなんだろうか……？

ナナが言うことだからっていうのもあるけど、あんまり信じられない……。

それに、私たちが来てもいいのかすら分からない。

大人《おとな》のメイさんがいるから、なんとか入れただけかもしれない。

……そうなのだ。彷徨《さまよ》えるメイドであったはずのメイさんは、エリムと会った瞬間にメイド服ではなくなってしまった。

ナナは求愛性症候群だったんだろうって言ってエリムもメイさんも納得しているけど、私はあんまり納得していない。

だって、あんまりにもファンタジーすぎる……。

そこまで考えて、この前まで別の世界にいた自分の境遇を思い出した。あれは求愛性少女症候群だったのか分からないけど、ファンタジーだったことには変わりがない。

あれくらいの出来事も起きるんなら、メイさんの身に起きていることも変じゃない、のかなぁ……？

「ここコスプレのレンタルは無料なんだって！　レンタルしてみる？」

「それどころじゃないでしょうに……」

ご飯を食べているメイさんを大事そうに見守っていたエリムが、嫌そうにナナの言葉に首を横に振った。

「アタシはキョンシーにしようかな。あんまりこういうのって見かけないし」

「話聞いてます？」

「ルルは魔女っ子で、エリムはメイドでいいんじゃない？」

「いや、だからそれどころじゃないんですってば」

「なによ。それともバニーにする？」

「もっと露出が過激になってるじゃないですか！」

「アハハ、ちゃんと反応してくれるの面白ーい！」

「……この場所を提案してくれた時は天才だと思ったのに、どうしてそんな態度をとるんですか？」

天才だと思ったんだと、私はちょっと驚く。

というかエリムでも、そんな表現を使う時があるんだ。

もしかすると、漫研の人たちに影響されてきたのかな。

そのうちハスハス？とか言いはじめたらどうしよう。

いや、別にどうだっていいんだけど……。

「ん？　だってエリムのお金なら、楽しまなきゃ損だし。あ、アタシもオムライス頼んでいい？　卵多めで」

「ご飯ならいいですけど……」

「いいんだ！」

本当だ。いいんだ。

「見つけてくれた上に付き合ってもらっていることには変わらないので、そのくらいはおごりますよ」

「やったー！　ルルもなんか頼もうよ。パフェもあるみたいだし、食後のデザートまでつけちゃおうか？」

「あんまりな量は頼まないでくださいよ……」

ナナは私の肩に手を回して、もう片方の手でリモコンを操作してメニューを眺めている。

「メニューすご……」

ファミレス並みの品揃《しなぞろ》えに、思わず驚く。

こんな雰囲気なんだ。

当たり前だけど来たことがなかったから、ずっと驚いてばっかりだ。

やがて食事を終えたメイさんが、口元をナプキンで拭きながらボソリと呟《つぶや》いた。

「エリム様のメイド服姿、見てみたかったです……」

その言葉は、私にもハッキリと聞こえた。

だからきっと、ここにいるみんなに聞こえていたんだろう。

固まるエリム。

ニヤニヤと笑いはじめるナナ。

自分の発言にハッとしたようで、慌てはじめるメイさん。

「も、元メイドがおこがましい提案をしてしまって申し訳ありません。エリム様がメイド服を着るなんて、そんな」

「いや、そんなことないと思うよ？　ね、エリム？」

「……ええ、そうですね」

エリムはナナからリモコンを半ば奪い取るようにして受け取ると……メイド服を頼んだ⁉

流れるように、魔女っ子服とキョンシーの服も頼まれる……って、私は拒否権なしですか、そうですか……。

まぁでも、こんな機会は滅多《めった》にないからやっちゃおうかな？

そう思えるくらいには、私もテンションが上がっているのかもしれない。

そんなこんなで、部屋には三つの衣装が届けられた。あと、いくつかの食事も。

場所が場所なだけにどんなものが届けられるんだろうかとドキドキしていたんだけど、案外普通のものが届けられた。

それどころか、どことなくしっかりしているものに見える。

格安ショップにはきっと売っていないだろうと思ってしまうくらい、生地がしっかりしていた。

ちょっと感動していると、ナナがいそいそと制服を脱ぎ始めた。

そうか、服を脱がなきゃ着られないんだ。

「ほ、本当に着るの……？」

テンションが上がっていたのも束《つか》の間《ま》で、今更ながらに恥ずかしくなってきた。

どうしよう。

綺麗《きれい》にはしているつもりだけど、ナナとエリムには敵《かな》わないよね……

「何を今更恥ずかしがってんの。ほらほら、脱いで脱いで」

「ちょ、ちょっと待ってってば！」

ナナからスカートのホックを外されそうになって、必死で抵抗する。

流石《さすが》に他の人からそこまでしてもらうのは気が引ける。

というか、脱ぐタイミングは自分で選びたいっていうか……。

「それか、先にお風呂入る？　三人くらい入れそうな浴槽だけど、どうする？」

言われてみて、ナナの視線の先を見る。

本当に三人くらいは、頑張れば四人くらい入れそうな大きさの浴槽があった。

キラキラとネオンが輝いていて、なんとも怪しげな雰囲気を醸し出している。

なんで浴槽に怪しげな雰囲気を……と思ったけど、きっと野暮《やぼ》なんだろう。

この部屋、すごすぎる。ベッドも二つあるし。

ナナがここがいいって言って選んだ部屋だけど……そういえばナナって、妙に手慣れてる。

もしかして、すでに来たことがあったりするんだろうか？

「ナナってもしかして、すでにこういうとこに来たことがあるの……？」

そうだとしたら、本当に噂《うわさ》通りのビッチなのかもしれない!?

あんなことやこんなことを、すでにやっちゃっているんだろうか……？

「モデル仲間との女子会で来たことあるってだけだよ」

「な、なんだ。そういうことなんだ……」

「なに想像したの？」

ニヤニヤとした顔で、問いかけられる。

余裕たっぷりなその笑顔には、ちょっとばかりの悪意があった。

でも想像してしまったのも事実なので、強くは言い返せなかった。

そんなことをしている間に、エリムが服を脱いだ上に浴槽にお湯を入れていた。

「べ、別になにも……」

案外？思った通り？で、大胆なお嬢様だ。

ここまでくると服を脱いでいない私の方が変なのかもしれないと思い始めて、急いで服を脱いだ。

服を脱いでしまえばあとは楽なもので、三人でシャワーを分け合いながらシャワーを浴びてから浴槽に入った。

置かれていた入浴剤を入れたので、いい匂いが浴室を満たす。こんなにゆっくり湯船に入るのなんて、久しぶりかもしれない。

「乱暴な女子会って感じがして、これはこれでいいのかも」

「ら、乱暴な女子会ってなんなの……」

「後からメイを入れたいと思うので、よろしくお願いします」

「えー、今一緒に入っちゃえばいいのに」

「ただでさえ疲労しているんですから、食事のあとに急いで入らせるわけにはいきません」

「エリムちゃんは本当にメイさんのことが好きなのねー」

「ちゃん付けやめてください」

またげっそりした顔でエリムが抗議するけれど、ナナは「エリムちゃん」と連呼している。いじわるだ。

「っていうか、先に入っちゃって良かったの？」

いじわるをちょっと止めるために、気になっていたことを問いかけてみる。

「ん？」

「食事も一緒に届けられたから、てっきり先に食べるものだと思ったっていうか……」

「それもそうなんだけど、汗かいちゃってるのが不快だったからさ。衣装もあるし、着ながら食べようよ」

「ちょっとしたパーティみたいですね」

そんなふうにエリムまでが言い出すから、本当に乗れてない私が異端みたいに思えてきた。

いや、こんなところに来てまで理性を……しっかりしなきゃっていう心を持っているっていうのは、間違いなのかもしれない。

楽しんだ方が勝ち！っていう状況なのかも。

それならと思って、手で水鉄砲をやってみた。

ピシャッと弾《はじ》けた水は、なんとエリムに当たった。

エリムはぼうっとしたような表情で、私のことを見てくる。

怒っているともいないとも、なんとも読めない表情だ。

「え、あ、ごめ……」

ナナはというと、めちゃくちゃ面白そうにしていた。

もしかして怒られる……と思ったのも束《つか》の間《ま》、エリムが手で水をピシャッとする。

けれど上手《うま》くいかず、それは床に飛び散った。

「……それって。どういう仕組みなんですか？」

「し、仕組み？」

至って真剣な表情でそう聞いてくるので、私は怒られなくてすんだんだという安堵《あんど》から何も言葉が思い浮かばなかった。

「し、仕組みは分からない、かな……」

だから、そんなふうに曖昧に返してしまう。

それでもエリムは興味深そうに、自分の指を眺めている。

「昔よくやったなぁ、そういうこと。タオルを沈めてクラゲにするのとか」

「なんですか、それ」

エリムは指から目線を外して、ナナに問いかける。

「……そっかぁ、お嬢様はそういうのって知らないのか。なんかちょっと、可哀想に思えてきたかも」

「か、可哀想に思うくらいなら、教えてくださいよ……」

「浴槽にタオル浸けるけど、いい？」

「そのくらいいいですよ」

ナナが新品のタオルを湯船に浸けた。

そのまま、クラゲのように丸く形を作る。

それをエリムは、本当に興味深く眺めている。

そんなに時間が経《た》ってないうちに、バンと言う声と共にクラゲをもう片方の手で押し潰した。

「な、え、どういうことですか……」

「潰すのが一番楽しいんだよ」

「そのセリフだけ聞いたら、めちゃくちゃヤバい人みたいですね」

「そう言うこと言わないで。ほら、やってみたら？」

そう言って濡れたタオルを、エリムに手渡した。エリムはちょっとの間ぼうっとタオルを眺めていたけど、すぐにタオルを湯船に沈めて、ナナと同じことをした。

「あ、あれ？」

……正確には、しようとしたけど出来なかった。

変なところで不器用だなと思ってしまう。

「不器用なんだから」

「た、たまたまですよ！」

それから何度かやっても出来なかったエリムは、腹を立ててしまったのか真っ先にお風呂から上がってしまった。

それに続けて、私たちも上がる。

珍しく長く入ってしまったから、ちょっとのぼせているような感じがする。顔があつくて、ぼうっとしてしまう。

みんなで順番に髪の毛を乾かして、それからコスプレ衣装を着た。

魔女っ子はそんなに難しい衣装じゃなかったから、すぐに着ることが出来た。

この場合のすぐにっていうのは、簡単にという意味で、時間的にはかなりかかった。

主に覚悟を決めるのに……。

「めっちゃ可愛《かわい》い！」

ちょっと複雑な構造と言っていたにもかかわらず時間的にすぐ着たナナは、ものすごくテンションを上げていた。

かわいいのはかわいい。

でも、なんだか落ち着かない。

壁全面に大きな鏡があるから、着ている姿がありありと分かる。

エリムのメイド服姿、可愛いなぁ……メイさんもそう思っているのか、視線がエリムに釘《くぎ》付けだ。

私たちがまるで見えてないみたいに、涙ぐんでいる。

そこまで……？

っていうかこの鏡なんだろう？　ちょっとしたスタジオみたいだ。

いる⁉

いや……大人《おとな》の人たち的には、いるのかもしれない。

大人の世界って、難しい。

そして、衣装のままオムライスを食べた。

非日常って感じがして、それはそれで面白かった。

オムライスはしばらく置いていたからか冷めてたけど、のぼせた体にはちょうどよく感じられた。

「明日から、どうするの？」

それからしばらくくつろいでしまってから……多分みんなが目を逸《そ》らしているんだろう現実に私は踏み込んで聞いてみた。

だって、いくらエリムがお金を持っていると言っても限度がある。

それに、私たちには学校もあるわけだし……。

「そんなの考えるのは、明日朝食を食べてからにしようよ」

ナナはベッドに寝転がってスマホを触りながらそう言った。

「朝食も食べるの？」

「当たり前じゃん。食べれる時に食べておかないと」

それを払うのはエリムなんだろうけど……ちょっと申し訳なくなってきた。だからといって、私がお金を払うっていうことは出来ないけど……。

「今は、とりあえず寝ましょう。ね、メイ」

驚いたことに、エリムもそれに同調した。

「お、お嬢様がそれでよろしいのであればお供いたします……」

「そんなに畏《かしこ》まらなくてもいいのに。もう、メイドと雇い主の娘という関係でもないんですから」

「それは、そうかもしれませんが……」

「はいはい、イチャつくのはそこまでにして、本当に寝よう。疲れたし」

「い、イチャついてなんてないですよ！」

「イチャついてますー。ここがそういうことする場所だからって、アタシとルルがいる中で変なことしないでよね!?」

「しませんってば！　ね、メイ？」

「は、はい。もちろんでございます」

ちょっとメイさんがさっきみたいな残念そうな顔をしているように見えたのは、気のせいだろうか……？

っていうか。

「そんな雑でいいのかな」

「三人どころか四人もいるんだし、どうにかなるって」

「そっか……」

そう思うとちょっと安心して、肩の荷が降りたような気がする。

ナナと一緒のベッドに入って横になる。

冷えているベッドが、火照《ほて》った体にはすごく気持ちが良かった。

# ◆エピローグ

ナナと一緒にベッドに入ってから、しばらくの間眠れなかった。

色々あって疲れただろうからすぐ眠れてもいいはずなのに、空間が空間だからか、眠ることが出来ない。

「ねえ……？」

起き上がってみんなの様子を伺うけど、誰も起きていないようだ。

エリムはメイさんと手を繋《つな》ぎあってベッドに入っているのが、薄暗くした照明の下でも分かる。

二人とも安心しきっているようで、なんだかすごく羨ましく感じる。

そんなに安心出来る相手が家族以外にいるんだっていう羨ましさというか、なんか、そんな感じ。

ナナも、寝息立てて寝てるし……。

そんなナナはいつも猪突猛進《ちょとつもうしん》だけど、悩みを忘れるどころか解決できるくらいのパワーを持っている。

エリムもそうだ。

絵の才能を開花させて、毎日充実した日々を手に入れている。

それに今回で、いろいろあったらしい過去ともしっかり向き合おうとしている。

私はなんにしても中途半端で、未《いま》だに症候群に悩まされている。

その上で、進路のことについても考えなくちゃいけなくなってしまった。

何かしたいことはないのかって先生や両親には聞かれるけど、分からない。

したいことなんて、なに一つない。

しいていえば、何も考えることなく誰とも触れ合わずに寝ていたいってことだけど……

そんなことを言ったら怒られるのが目に見えているので、言うわけにはいかない。

相沢《あいざわ》さんたちなら、きっと同じかもしれない……。

そう思っていたのに、違った。

『学力的に行けるか分からないけど、目指してる大学はあるよ』

『将来なりたい職業ならあるっていうか……専門学校に通おうと思ってさ』

二人はやりたいこと、学びたいことがすでにあるようだった。

唯一身近に感じていた二人すらも、私を置いていってしまっているようで……それらを聞いた時は、思わず泣きそうになってしまったくらいだ。

そのあと「これから考えればいいんだよ」って励まされたのも、内心ではちょっとヘコんでしまった。

それがないから困ってるって、分かってないっていうか……きっと、目指すところがある人には、伝わらないんだろうな。

そんな拗《す》ねた考えでいるから、眠れないのかな……？

そんなことを思いながら、スマホを開くことすら躊躇《ためら》われてぼうっとしてしまう。

いや、開いてもいいんだろうけど……そのせいで誰かが目覚めたら、ちょっと申し訳ない。

それで罪悪感が募るのが怖くて、スマホで時間を確認することすら出来ないままでいる。

みんな、私と違ってしっかり眠ってるみたいだし。

「……ちょっと、ムカついてきた」

ムカついてしまった衝動のまま、ナナのほっぺをつんってしてみる。

してみてから起きたら絶対に怒られると思って慌てたけど、どうやら起きる気配はないようだ。

ホニャホニャとした寝言を言いながら笑った顔をしているので、いい夢でも見ているんだろう。

こっちは眠れてすらいないのにと余計にムカついてきてしまったが、これ以上触るのは怖くて、やっぱりぼうっとするしかないのかと思ってしまう。

「……めっ」

思い出したように小さな声でそう言い、ささいなことでムカついてしまう自分を戒めてみる。

なんだか、虚しくなってしまうだけだった。

ため息が出てしまう。

そして眠気は、まだこない。

# 求愛性少女たちの内緒話

※１巻から今巻までの語られてこなかったエピソードです

## ◆志望校の再考

誰とも話すことなく一人で過ごすお昼休みにも慣れた頃、志望校を変えようとふと思った。

人の多い教室にいるのも苦痛なので、お弁当を片付けてからすぐに資料室に向かう。

今の志望校は、元バレー部のみんなと一緒に行けたらいいねと考えていた高校だ。

ただでさえ今の教室で顔を合わせるのも気まずいのに、高校までその気まずさが続いたら……そう考えると、ゾッとする。

だから、改めて志望校を考えよう。

そのためにも、ちょっとでも情報を手に入れなくっちゃ……。

そんなことを考えているうちに、資料室についた。

しっかり将来のことを考えるために来たのは、はじめてかもしれない。

周りに流されるままに来ていたことが多かったから、なんかちょっと新鮮な気持ちだ。

「……うーん」

近隣の高校がまとまっている資料を、備え付けの椅子に座りながらペラペラとめくっていく。

どれもピンとこない。

けど、もう体験入学の期間も過ぎているから、資料以外に頼れるものがない。

とりあえず、あんまり遠かったり、倍率が高かったりすると嫌だなぁ……。

「お、ルルじゃないか。どうしたんだ。こんなところに来て」

そんなふうに悩んでいると、担任の先生がたくさんの資料を抱えてやってきた。

まさか先生がやってくるとは思っていなくて、ものすごく動揺してしまう。

でも、そりゃそうか。それぞれの生徒が行く高校を把握していなきゃいけないだろうし
……私の考えがそこまで及ばなかったのが悪いのかもしれない。

「えっと、志望校を、変えようと思ってて……」

だから動揺して、素直に話してしまったのも自分のせいなのだ。

「志望校を変えたい？　なんでまた」

先生は、当たり前だけど怪訝な表情になる。

いつも明るく笑っている先生だから、そういう表情になると変に緊張して固まってしまう。

「えっと、その……」

みんなと同じ高校は嫌、とは素直に言うわけにはいかない。

頭をフル回転させて、なんとか言い訳を繕おうと言葉を選ぶ。

「きゅ、急に、今までずっと周りに流されてきたんじゃないかと思って」

「周りに流されてきた？」

「そ、そうなんです！　周りに流されてきたから、本当に自分の行きたい高校なのか分からなくなってしまって……」

「なるほど……」

先生はしばらく何かを悩んでいるようだったが、やがて納得したように口を開いた。

「そういうことなら、もう少し時間もあるし、納得がいくまで悩んだらいい。先生も話を聞くから」

「あ、ありがとうございます」

咄嗟《とっさ》に出てきた言葉だったが、どうやらうまくいったらしい。

心の中で、安堵《あんど》のため息をついた。

「ただ……その様子だと、まだ両親にも志望校を変えたいって話はしてないんじゃないか？」

「え、あ、はい……」

「ちゃんとご両親にも話をして、それで納得してもらってから考えるんだぞ」

そうか、お父さんとお母さんにも、改めて話をしなきゃいけないんだ。

そう考えると志望校を変えるってものすごく大変なことなんだと、思い知ってしまった。

けれど今更変えませんというわけにもいかず、はいとまた頷《うなず》いた。

「とりあえずもうすぐお昼休みも終わるから、一旦教室に帰りなさい」

そう言われて、資料室から出た。

廊下に出た途端、一気に疲労のため息が出た。

先生に話すだけでこれなら、お父さんとお母さんに話すときはもっと緊張するだろうな……。

でも、楽しい高校生活のためにも頑張らないと。

今の状態のまま送れるのか分からないけど、きっとその頃までには良くなっていると信じて……楽しい高校生活を信じて、想像を膨らませる。

とりあえず、バレー部のない高校がいいかな。

やってたって知られたら、勧誘されてしまうかもしれないし。

バレーにはいい思い出がなくなっちゃったから、出来る限り関わりたくない……。

でも、どうせ体育でやるかな？　だとしたら、あんまり意味がないのかもしれない。

そもそも、バレー部のない高校なんてこの付近だと聞いたことないし……私が知らないだけかな？

ちゃんと両親に許可を取ってから、また資料室に来よう……。

こうして私は、ナナとエリムと出会う高校に進学することになったのであった。

## ◆髪の毛の長さで気分も変わる

いつものお昼休み。

お弁当の入ったランチトートを持って、空いている教室に相沢《あいざわ》さんと田中《たなか》さんと行く。

教室に入って机をちょっと寄せて、そこにお弁当を広げた。

「何回も言ってる気がするんだけど……髪が短いルルちゃんって新鮮だね」

田中さんが卵焼きを食べながらそう言った。

本当に何回も言われていることなので、そんなに慣れないのかなとちょっと不安になったりする。

「もちろん可愛《かわい》くて素敵なんだけど、長い髪に慣れてたからまだ慣れないや」

「……本当に可愛いと思ってる？」

はじめて、そう問い返してしまった。

答えられない問題を先生に当てられてちょっとなじられて、ちょっと気が立っていたからかもしれない。

「思ってるよ！　ルルちゃん自体が可愛いから、何しても似合うと思う。まる！」

「まるって、どういう感情なわけ……」

「田中《たなか》さんは、可愛《かわい》いと思ってる？」

「えっ、なんで私も？」

髪を切ったことに対してこれまで一度も何も言わなかった田中さんにも、この機会だから聞いてみる。

「今まで、髪を切ったことに対して何も言われてないから、どう思ってるのか気になって」

「人並みに可愛いとは思ってるよ、そりゃあ……」

「本当に？」

「本当に……あんまり聞かれると恥ずかしいから、この話はこれで終わり。テストの話でもしようじゃないか」

「いや、テストの話のほうが私はしたくないんだけど……」

そう言ってこの前あったテストの話を始めた二人を横目に、短くなっている髪を改めて確認する。

結局髪の毛を短くしても、症候群はそのままだった。

ただちょっと首元が涼しくなっただけだ。

これから暑くなってくるからちょうどいいのかもしれないけど……持っている服にショ

ートヘアが似合わない。

ショートヘアだから似合わないんじゃなくって、なんだろう、私の感情と合ってないっていうんだろうか。

なんだか違うと思ってしまう。

それもあって似合っているか、可愛いか聞いたんだけど……二人に可愛いって言われても、イマイチピンとこなかった。

やっぱり、人の意見を当てにするべきじゃないんだろう。自分がこうあろうって決めた姿が、一番いいはずだ。

「……やっぱり決めた」

「え？　何を？」

私の突然の言葉に、相沢《あいざわ》さんは驚いているようだった。

「私、また髪の毛長くする」

「そうなの？　それならそれで、応援するよ」

てっきりそのままがいいよと言われると思ったから、その言葉には私の方が驚かされた、
それに、応援って……。

「お、応援されることなのかな……？」

「だって、綺麗《きれい》に伸ばさないとそれはそれで大変でしょ？」

「ああ……」

「だから、応援」

「なるほど……？」

相変わらず独特な感性を持っているなと思ったけど、今はその応援がなんだか心強く感じた。

……ただ、言って欲しかったことを言われたから、喜んでいるだけかもしれないけどね？

○

「髪、伸びてきたね」

切る前の三分の二くらいまで伸びてきたと私も思っていたところで、学校に行く途中ですれ違って一緒に行くことになった相沢《あいざわ》さんにそう言われた。

田中《たなか》さんは委員会かなにかで先に行っているらしい。

「うん。そうなんだよね」

「私の応援、ちょっとは効いた？」

「う、うん。効いたかも、しれない……」

実際に頑張ったのは私なのにと思いながらも、無下《むげ》にするわけにもいかなくてそう言った。

「それなら良かった。田中も応援してたから、それも効いてると嬉《うれ》しいな」

「え。田中さんも応援を？」

「そうそう」

田中さんって、なんだかんだ私のことを気にかけてくれるなぁ。

嬉しいような、嬉しくないような。

……いや、気にかけてくれること自体は嬉しいから、素直に嬉しいって言った方がいいだろう。

「二人が気にかけてくれるの、嬉しいよ」

「そう？　それなら良かった！」

それから学校まで、相沢さんが私をどれだけ心配しているかを話してくれた。

気にかけてくれるのは嬉しいって言ったけど、そこまで心配されるのは違う気がする！

そう思っていたのに、意図しない形で学校をサボることになってしまったので、余計に心配される羽目になってしまったのであった……。

## ◆再会

『こんにちは、クレープのお姉さんです！　覚えてますか？』

　そんなメッセージが、裏アカのほうに届いた。

　クレープお姉さんって自称しているってことは……この前学校をサボって、クレープを食べた時に話したお姉さんなんだろう。

　どうやってこのアカウントを特定したのかは分からないけど……なんだか懐かしくなって、つい返信してしまった。

『覚えてますよ。急にどうしたんですか？』

『いや、新作のクレープがめっっっっっちゃ美味《おい》しかったから、良かったら一緒に食べないかなって思って。どうかな？』

　そんなことで連絡してきたのかと思いつつ、そこまで美味しいクレープってなんの味なんだろうとちょっと疑問に思った。

『何味なんですか？』

『デラックスミックス』

『なんですかそれ……』

『ちょっと説明が難しい！』

何味だか全然分からなかった。説明が難しい味って、何なのか全然分からないし。

だからか、美味しいと言われてもちょっと不安になってしまう。

前回が前回だったし……。

『お姉さんのおごりだったら食べます！』

だからしばらく悩んだ末に、そういう風にメッセージを送った。

これならきっと、本当に美味しくて食べさせたいとかじゃない限りは奢ったりしないだろう、多分……。

『う、そうきたか！』

『お姉さんなんだから、おごってください』

お姉さんもお小遣いをやりくりしているのか、それともほとんど会ったことない子におごるなんてことが嫌なのか、しばらく返信がなかった。

『いいよ』

『いいんですか!?』

まさかいいよと言われるとは思っておらず、私は驚く。

『いいんですよ』

『わーいやったー！』

『もうすでに喜んでくれてると嬉《うれ》しいな。じゃあ明日の午後くらいに、クレープ屋で会おうね』

そこでメッセージは途切れた。

そこで気がついた。わざわざクレープをおごってもらうために、またあそこまで行かなきゃいけないのかと……！

でもまぁ、プラマイゼロみたいなものだと納得させて行くことにした。クレープが美味《おい》しかったら、プラスになるだろうし。

どちらにせよちょっと楽しみだと思いながら、眠りについた。

○

次の日。

「こーんにちはー」

クレープ屋さんのある駅で降りて改札を出てから、すぐに声をかけられた。

ちょっと見覚えのある格好をしているので、きっとこの人がクレープお姉さんなんだろう。

「本当に来てくれるなんて思ってなかったよ」

「た、確かに……」

素直に来てしまった私も私だけど、お姉さんが来ないという可能性も充分にあった。

SNS上の口約束なんて信頼するものじゃないという投稿を見たことがあるのに、迂闊《うかつ》にもほどがあった。

まぁ今回は、無事に約束が果たされたから良かったのかな……？

「さ、デラックスミックスクレープを食べよう」

お姉さんはいそいそと駅を出てクレープ屋に向かう。私はおごってもらう身なので、おずおずとしながらついていった。

そうして頼んだクレープは、デラックスの名の通り大きかった。

「た、食べられるかな……？」

「これは美味しいから、ぺろっといけちゃうよ！」

そう言うお姉さんを信じて食べようとするけど、お姉さんにちょっと待ってと止められる。

なんだろう？

「無事に出会えた事実に、乾杯！」

そう言ってクレープを、ちょんっと突き合わせた。

「……そんなキャラでしたっけ？」

その行動よりもまず先に、そんな疑問が浮かんだ。

そんなことするキャラだったとは、到底思えないんだけど……。

「んー、ある意味吹っ切れたっていうのかな？　だから今回、誘ってみたのもある。昔の私だったら、裏アカの人なんて怖くて誘えないもん」

「そうなんだ……」

吹っ切れたっていうのは羨ましいなと思いながら、買ってもらったクレープを今度こそ食べる。

口いっぱいに甘さ控えめのクリームと新鮮そうな果物の風味が広がって、とても美味《おい》しい……！

「美味しいですね、これ！」

「でしょ！」

大きいと思っていたけど、こんなに美味しいならずっと食べていたいかもしれない。

それくらい、美味しい。

「誰かと共有したかったんだー。貴方《あなた》を選んで正解だったよ！」

「そ、そうですか？」

「うん、だってすごく笑顔だから！」

言われて、ハッとした。

スマホの撮影画面を起動させてインカメラで自分を見てみると、確かにものすごく笑顔だった。

「そ、そんなに見ないでください！」

「どうして？　笑顔、とっても可愛《かわい》いよ？」

「うう……」

単純にもほどがあるけど、こんなに笑顔になれたのは久しぶりで、なんだかドキドキしてしまう。

こんなに笑顔になっていいのかなっていうか……。こんなにクレープって人を笑顔に出来るんだっていうか……そんな感じ。

そして症候群の解決には、吹っ切れることも大事なことなのかな……？

あんまり参考にはならないだろうけど、心の隅に留めておこうと思った。

「また美味《おい》しい期間限定のクレープがあったら、誘ってもいい？」

「またお姉さんのおごりならいいですよ」

「ぐ、そう来たかー」

次があるかは分からないけど、とりあえずデラックスミックス味のクレープはリピりたいなと思いながら食べ終わってしまうのであった。

# ◆ゲテモノにご注意

「納豆ナポリタンパフェ……？」

屋上に来なければ良かったと思ったのは、ある意味ではこれがはじめてかもしれなかった。

「逃げないで、ルル」

「逃げないでください、ルル」

屋上の扉を背にして、二人にじりじりと迫られる。

隙がないからドアノブを開けられそうにもないから逃げようがなくて、私は困ってしまう。

そもそも、どうしてこんなことになったんだっけ？

記憶を振り返ってみる……。

ちょっと冷たくなってきた風を直に感じたくて、屋上に来た私。

するとナナとエリムがすでにいて、なんだかいつもよりもバチっていた。

なんだろうと思って、いつものように近づいてみた。

するとニ人が格好の餌食を見つけた獣のように目を光らせて私へ迫ってきて……今のこういう状況になっている。

振り返ってみたけど、なんでこんなことになったのかは全然分からなかった。

「納豆ナポリタンパフェ、好きでしょう？　ルル」

「そんな怪しげなもの、好きって言った記憶がないんだけど……」

それどころか「納豆」「ナポリタン」「パフェ」と分解しても、それぞれを好きだなんて主張したことはない。

それどころか、どれもそんなに好きじゃない……それが合体したものなんて、嫌悪の対象でしかない。

それなのに、袋を近付けられている。

本当に、いくらなんでもいい加減にしてほしい！

「な、なんでこんなことするの！」

「ナナが買ってきたんですよ」

「エリムのために買ってきたのに受け取らないから、仕方なくルルにあげちゃおうかなって思って」

ナナのせいでこんなことになっているのか……。

「やめてよ。ナナが買ってきたんなら、ナナで処分すればいいじゃない」

「もったいないじゃん」

「じゃあ面白半分でこういうの買わないで！」

私が最後の抵抗としてジタバタ暴れていると、やがて二人とも迫ってくるのをやめた。

それに安堵《あんど》しながらも、ため息をつく。

「そんな、アホな高校生みたいなことナナがしないでよ」

「そうですよ」

「さ、さっきまでアタシと一緒にルルを迫っていた人に言われると腹が立つんですけど⁉」

「そもそもそれ、どこで買ってきたの」

「なんか近所のスーパーで八割引だったから、つい」

「ついって」

しかも八割引って。そりゃ誰も買わないだろうけど……それにしたって割り引かれすぎじゃないだろうか？

「とりあえず、持って帰ったら……？」

「ちぇー」

## ◆プリクラ行こ！

『プリクラ行こ！』

そんなメッセージがナナから来たのは、金曜日の夜だった。

もう寝ようとしていた私は、プリクラというのが一瞬なんのことだか分からなくて首を傾《かし》げた。

ぷりくら、プリクラ……プリクラ!?

『なんで急にプリクラなの？』

驚きで目が覚めてしまった私は、そんな風にメッセージを返した。

『いや、モデル仲間の先輩が気になってた筐体《きようたい》が明日から稼働するの。早めにどんな感じか知って、教えてさしあげたいな～と思って』

『いいですよ』

了解のメッセージは、エリムが送っていた。

まさかエリムがこんなに早く承諾するとは思わず、私はさらに驚く。

『ありがと。二人でも撮れるからどっちでもいいんだけど、ルルはどうする？』

ナナはあんまり驚いてないようで、端的にお礼を言うだけだった。

なんでそんなにすぐ了解するのとか、聞かないんだろうか……。

「いや……」

きっとエリムのことだから、自分が描く漫画のネタになるとでも思っているんだろう。

あとは純粋に、庶民の文化として気になっているとかもあるのかもしれない。

ナナもきっとそれを分かっているから、あえて深掘りしないんだろう。

『私も、久しぶりに撮ってみたいな』

小学生や中学生の頃は頻繁に撮っていたけど、最近は撮っていない。

どのくらい技術が進歩しているんだろうってことも気になって、撮ってみたくなってきた。

『じゃあ決まりね。明日、学校近くの駅に集合ってことでよろしく！』

『はーい』

『はい、分かりました』

急なお誘いだったけど、明日は何もないし大丈夫だろう。

友達じゃないから、そんなに長く一緒にいるってこともないだろうし……。

いやでも、少しくらい遊べたら楽しいかもしれないな。

そう思ってちょっとは楽しみにしながら、眠りにつくのであった。

○

「どう？　お母さん。変じゃない？」

「変なことないわ。ルルはいつでもかわいいわよ」

「そういうことじゃなくって！」

プリクラを撮るということは、写真として撮り終わった後も形として残るということなのだ。

そう気付いた私は、朝早くに起きてからああでもない、こうでもないと言いながら服を選んでいた。

二人はスタイルもいいし顔も可愛《かわい》いからどんな格好でも様になるだろうけど、一般人の私はそういうわけにもいかない。

服を決めたら、それに合うメイクもしなきゃ。

でもあんまりメイク道具を持っているわけじゃないし……そもそも服もそんなにたくさん持っているわけじゃないし！

あーもう！　どうしたらいいんだろう！

バタバタと悩む私を、あらあらといった様子で見つめれているお母さん。

普段ならどんな時でも私のことを可愛いって言ってくれるのは嬉《うれ》しいけど、今はそれどころじゃなくてちょっとイライラしてしまう。

でもお母さんにイライラするのも良くないから、一旦落ち着かなくちゃ……。

「うーん……」

冷静になると、どれだけ着飾っても私は私でしかないって思えてきた。

逆に着飾り過ぎると、二人から笑われるだけかもしれない。

そのほうが絶対に嫌だ。

ナナとか、何度でも掘り返して笑ってきそうだし……。

それならばと、好きな服を着て行くことに決めた。

そうして落ち着いた私は、最近買ったお気に入りのTシャツを軸にコーディネートをした。それに合わせたメイクも、しっかりと決める。

「……よしっ」

お母さんに確認を取らなくても、私らしい可愛さがある感じでまとまったと思う。

我ながら満足だ。

さて、そろそろ行かなきゃ……。

「わっ！　もうこんな時間⁉」

朝早くから用意をしていたはずなのに、もう約束の時間が迫っていた。

そろそろ出ないと間に合わない。

いや、もしかすると間に合わないかも……？

そんな時間に、私は慌てながら外に出た。

「いってきます！」

「いってらっしゃい」の声を背中に聞きながら、私は出来るだけ急いで駅に向かった。

駅に着くと、ナナとエリムがもう待っていた。

「ギリギリ！」とナナは怒りを表してくる。

「ごめん！　ちょっと色々あって！」

「まぁ、そんなに急ぐことでもないでしょうしいいじゃないですか」

「大切なナナ様の時間を無駄にされるのが嫌なの！」

「ナナ様って」

「自分でそこまで言いますか……？」

「アタシはナナ様だから言うんですー！」

よく分からないナナの主張のおかげで、ギリギリに来た私の扱いはそんなに悪くならなかった。

エリムがフォローしてくれたのもあるかもしれない。

でも二人とも本心からそう言っているだけだろうから、感謝するのもなんか違う気がして黙ったまま電車に乗り込む。

三人で立って電車に揺られながら、二人はそうじゃないからなんだろうけど、あんまり無言だとちょっとつらくなってしまう。

何か話さなきゃと思って、話を切り出した。

「新しいプリクラって、どんなのなの？」

「それがね、目の角度を変えられる機能があるらしい」

「目の角度を……？」

「ほとんど整形じゃないですか」

「それは言えてる」

笑いながらいうナナ……笑うしかないっていう感じだろうか？

「というか今ってスマホの自撮りでいくらでもなんでも出来そうなのに、わざわざプリクラに行ったりもするんですね？」

エリムの言葉に、思わず頷《うなず》く。

確かに、それは私も思っていたことだった。

小学生や中学生の頃はスマホを持っている子もいない子もいた影響からかプリクラを撮っていたというのもある。

だから、ほとんど全員がスマホを持っているだろう高校生であるナナからプリクラって いう言葉が出てきたから驚いた。

「うーん。役割が違うじゃんかね?」

「役割?」

「うん、役割。言葉には上手《うま》くできないんだけど、その時々でスマホで自撮りしたりプリクラ撮ったり、役割があるような気がする……」

「そういうものなんですね」

「なるほど……?」

イマイチよく分からないけれど、きっと感覚的な要素が多いから言葉にしづらいだけなんだろう。

そういうことって、結構ある。

ぼんやりとそんなことを思っているうちに、大きなショッピングモールが隣接している駅に着いた。

三人で電車から降りて、ゲームセンターに向かう。

ゲームセンターはただでさえゲームの音で騒がしいのに、休日だからか人の声も重なってすごくうるさかった。

こんなにうるさかったっけと思いつつ、ナナの後についていってプリクラコーナーに向かう。

そこでやけに人が多いテーブルがあると思ったら、なんとそこでは女の子がコテで髪を整えていた。

コテは台に固定されているようなので、どうやら備え付けのものらしい。

すごすぎる……。

「い、今ってコテとかあるんだ」

「今日は整えてきたから大丈夫だけど、学校帰りとかだったら重宝するよね」

「確かに……」

「こういう場所は見たことがなかったので、参考になります」

本当に漫画のために来ているってことが分かって、思わず苦笑してしまう。

コテがあるって描写、難しそうだけど……エリムなら、うまく表現出来るのかな？

ちょっと完成したら、見せてほしいかも……。

「コテがあるところってあんまりないと思うけど、参考になったなら良かったじゃん」

「はい」

「あ、今空いたから行こ」

そう言ったナナにつられて、一台のプリ機の横にある画面を三人で囲んだ。

「三人で撮るっと……設定とかこっちで自由に設定しちゃっていい？　お金ももちろん払うからさ」

「それはもちろん」

「分からないので、むしろお願いします……」

昔は積極的にああじゃないこうじゃないって言ってたような気がするけど、今はもうそんな気力がない。

過去の元気は、一体どこから来ていたんだろうか……。

そんな風に今から思ってしまって、大丈夫なんだろうかとも感じる。

まだ私って、高校生なのに。

「設定終わったから、中に入って入って」

そう言われて、撮影スペースに押し込められる。

撮影スペースは白一色で、なんだかすごかった。

「撮影スタジオみたいなものに近いですね……」

エリムもすごいと思っているのか、そんなことを言いながら興味深そうに狭いスペースを見回している。

「これから撮るから、気合い入れてよね！」

「そ、そんなに気合い入れるの……!?」

やっぱり着飾ってきた方が良かったのかなと若干後悔しつつ、ナナや機械の音声に促されるままポーズを撮って写真を撮っていく。

それがやたら忙しなく、こんな感じだったっけとまた思ってしまった。

「エリム、もっと笑顔で……いや、怖い怖い！　それじゃ笑顔じゃなくて、威圧だってば！」

「これ、もうすでに別人じゃないですか？　これからさらに目の角度を変えたら整形どころではないのでは……」

「このポーズ恥ずかしいのになんで二人ともそんな素直に出来るの……！」

七枚ほどを撮り終わってやっと終わったと思っていたら、なんと動画撮影というものが始まってしまった。

「ど、動画撮影ってなに!?」

「言ってなかったけど、この筐体《きょうたい》のメインみたいなもの！」

「先に言ってよ……！」

そんな感じだったけど、高速で時間は過ぎていった。

本当の撮影終了に、もはや安堵《あんど》してしまう。

「つ、疲れた……」

どことなく疲れてしまった私に構うことなく、ナナとエリムは落書きブースに行ってしまった。

そういえば落書きブースって撮影するところより狭いから、二人で入ったらもういっぱいいっぱいだよね……。

そう思った私は、落書きブースを背にして外で待つことにした。

中からは「あれ？　スタンプってないんですか」「最近はないやつのほうが多いかも」といった会話が聞こえてくる。

スタンプって、最近のやつはないんだ。

じゃあ今の二人は、一体なにをしているんだろう……？　それこそ目の角度をいじったりしているんだろうか？　ちょっとした神様気分かもしれない。

っていうか、こんなに会話が聞こえてくるんだ。

昔よくプリクラを撮りながら友達たちと騒いでたけど、全部周りに筒抜けだったのかもしれない……。

そんなことを考えながら、ちょっとゲームセンターを見回してみる。

あ、あのウサギのキャラ……最近ＳＮＳで話題になってる子だ。

最近話題になってると思ったのに、もうクレーンゲームの景品になってるんだ。

すごいな……。

「……んー」

ちょっと欲しいかもしれない。かわいいし。

でも待ってる間にクレーンゲームしてるっていうのも悪い気がする。

……早く終わらないかな。

と思った途端に、二人がブースから出てきた。

ついでに、プリントされたらしい。

プリントされたものをナナが取って、私とエリムにちぎった分を手渡した。

「うわぁ……」

「整形どころじゃないですよね、本当に」

「あんまり言わないでよ。そういうものなんだから」

撮影している時にはあまり気にしてなかったけど、落書きでさらに強調されたからだろうか。

ものすごく、盛られている。

エリムの言っていることも、あながち間違いじゃないだろう。

お母さんに見せたら一瞬だけど、どれが私か分からなさそうだ。そのくらい、みんな盛られている。

「えーでも、楽しかったでしょ？」

「はい、いい勉強になりました」

「まぁ、楽しかったのは楽しかったよ」

「これからどうする？　せっかく集まってもらったけど、もう解散する？」

「ちょ、ちょっとクレーンゲームでも見ていかない？」

「見れるのなら、私も見てみたいですね。どういうものが景品としてあるのか気になります」

「じゃあ決まりね！　ついでにお昼も食べて行こうかーエリムお嬢様のおごりでさ！」

「そんなに私を当てにしないでください！」

それからお目当てのうさぎのクレーンゲームをしてみたけどまったく取れなかった。

代わりに何故《なぜ》かナナが取れて私に転売しようとしてきたのは、友達らしくなかったかもしれない。

でも全体的に、ちょっと友達っぽい休日を過ごしてしまった。

楽しかったのは事実だけど、また明日からはしっかり線引きをしていかなくっちゃ。

私たちは、友達じゃないんだから。

# ◆見学

「エリムがちゃんと活動してるか、見に行ってみよう！」

屋上でぼうっとしていると、そんなことを言いながらナナがやってきた
「え、なんで？」

「だって今日、読モの活動もなくて暇なんだもん」

「暇だからって、そんな……」

邪魔しに行くようなことしなくていいじゃんと思ったけど、気にはなるのでそこまで強く言えない。

「っていうか、活動再開したんだね」

「そうそう。でも、今日はなんにもないから暇だなーと思ってここに来たんだけど、来る途中にエリムのこと見に行けばいいじゃんって思いついて」

「なるほど……？」

「というわけで、行こう！」

「えっ、行くって言ってないのに！」

「どうせ気になってるんでしょ！」

そう言われると否定出来ないので、大人《おとな》しくついていく。

漫研の部室についてから、ナナは躊躇《ためら》うことなく扉を開けた。

「こんにちは！　エリムの様子を見に来ました！」

「ひぃっ」

……とんだ第一声に、思わず苦笑してしまう。

でも、学校でも話題になることの多いナナが急に部室に来たらビックリするだろう。

気持ちは分かる。

「あ、貴方《あなた》たち何しに……」

「うわっ、漫画いっぱーい。これ部員だったら、読んでいいの？　いいなー」

エリムの心配をよそに、ナナは部室に遠慮なく入って漫画のたくさん置かれている棚を眺めている。

エリムの様子を見に来たんじゃないの!?と思いつつ、他の人たちに思わず頭を下げてしまう。というか、私までヤバいやつだって思われたくない……！

「あ、そか。エリムの様子を見に来たんだった。たくさん漫画が並んでたから気になっちゃった。どう？　頑張ってる？」

「急に突撃してこないでください！」

エリムはもう、そのまま平手打ちをするんじゃないかってくらいの剣幕でナナに迫った。流石《さすが》にその勢いで迫られたら謝らざるをえなかったのか、ナナはごめんなさいと頭を下げた。珍しい。

「でもエリムが心配だったんだもん！」

「また白々しい……」

「まぁまぁ、エリムちゃんも落ち着いて」

本当に手が出るんじゃないかと思ったところで、先輩らしき人がエリムを止めた。

「心配して見に来てくれたんだよね？　だとしたら、大丈夫だよ。エリムちゃんはよくやってるから」

ナナにも落ち着くように諭しながら、そう話した。

「よくやってるんですか。それなら良かった」

ナナは本当に安心したという姿を見せながら、ゆっくりと扉に近づいてきた。

「じゃ、帰ります。失礼しました」

そのまま廊下に出ると扉を閉めて、私を引っ張って部室から離れて行くのであった。

「ただ荒らしただけみたいになっちゃった」

「うん……」

「でも、一瞬だけ見えた原稿本当にすごかったよ。才能だねー」

「才能、か……」

それから何も言えなくなってしまった私はナナと分かれて、帰路についた。

○

家に帰ってから、考える。

エリムは、絵を描く才能を開花させた。

才能もあるんだろうけど、漫研の一員として頑張っているのも大きいんだろう。

ほとんど毎日、部活仲間と一緒に部室があるらしい場所に向かっている。一度先生に勉強を教わって遅くなってしまった帰りに、同じく帰ろうとしていたエリムとすれ違ったから、時間をかけて頑張っているんだろう。

そりゃあそれだけ頑張っていたら、文化祭のパンフレットの表紙も任されるよね。すごすぎる。

ナナはというと、読者モデルとしての活動を再開した。

裏アカに、ナナの出ている雑誌の宣伝が流れてきたこともある。

すごくキラキラ輝いていて……すごいと思った。

そうだ。二人とも、すごくキラキラ輝いている。それだけ毎日が、楽しいってことなんだろう。充実しているってことなんだろう。

羨ましい。

私には、なにもない。

やりたいことも、夢中になれることも、好きな人もいない。

友達だっているとは言えないし、勉強だってそれなりにしか出来ないくらい……私はなにも持っていない。

空っぽだ。

それが、悔しくてたまらない。

そんな風に悲しんでいると、なんと症候群が悪化してしまった。

人混みのなかにいると、人に触れずとも気分が悪くなったり手先がピリピリと痺れるようになってしまったのだ。

それに人に触れると、もっと酷《ひど》い痛みが起きたりする。

どうして、自分はこうなんだろう？

いつになったら、この痛みや苦しみ、つらさから解放されるんだろう。

症候群なんて、なくなってしまえばいいのに！

こうして私は求愛性少女症候群に対して強く嫌悪感を持った結果、別の世界の私と入れ替わることになってしまったのである。

## ◆将来のことは悩みの種

「そういえば……向こうでキャバ嬢みたいなことをやっている二人を見かけたよ」

屋上で三人が思い思いにくつろいでいる時に、ルルがそう切り出した。

思わずアタシは、吹き出しそうになってしまう。

だってアタシがキャバ嬢って、あまりにもイメージに似合っている……。

けど、実際にはそうだと認めたくはない。

「キャバ嬢、ですか？」

エリムはその単語の意味自体分かっていないのか、首を傾《かし》げている。

どれだけ世間のことを知らないんだろう、この子。

普通じゃないって憧れるけど、あんまり普通じゃないっていうのも困りものかもしれないなと思う。

「向こうって、ルルが陽キャに馴染《なじ》んでるって言ってた世界のこと？」

「うん、そうそう。二人とも素敵なドレスに身を包んでいて、とても綺麗《きれい》だったけど……

ちょっと心配になっちゃった」

「確かに、ルルが高校生やってるのに、うちらキャバ嬢やってるなんてヤバいかもね」

「高校生ではなかったっていうんですか？　それは……あんまりな……」

エリムもなんとなく理解したのか、ちょっと落ち込んでいる。

アタシも、落ち込むまではいかないけどなんでだよって気持ちにはなる。

もっと頑張れ、向こうのアタシ。

……本当にいるのかも、そもそもそんな境遇で生きているのかも分からないアタシにエールを送ってみる。

それから、ちょっといじわるを思いついたので口にしてみる。

「でもそれって、ルルのアタシたちに対するイメージが反映されてるんじゃないの？」

「え」

ルルの表情に、焦りが浮かぶ。

「そうなんですか？　ルル」

それを図星だと感じ取ったのか、エリムはルルを睨《にら》んだ。

ルルはそんなことないよと必死に否定しているけれど、アタシの問いかけにすぐに答えられなかった時点で間違ってないように思う。

エリムの睨みに耐えられなかったルルは、ちょっとだけ塞ぎ込んだ。

「……実際、そういう仕事に興味ある？」

それでも懲りずに聞いてくるので、なにか意図があるんだろうと判断したアタシは素直に答えた。

「興味なくはないけど、もっと興味ある仕事に就きたいかな」

「今の私はなんにでも興味がありますけど、ひとまず大学までは出たいですね。それまでになんとか考えたいです」

「エリムは、漫画家になるの？」

「それは分かりませんが……何か、悩んでいるんですか？」

エリムはというと、素直に意図を聞いた。

ルルは困ったように顔を掻《か》いて、ちょっと黙った。

けれど決意したように、また口を開く。

「いや、そろそろ進路について考えないといけないなって思って……でも、何も思い浮かばないから不安で」

「確かに、それなら不安なのも頷《うなず》けます」

そうか。もうそんな時期なのかと思ってしまう。

アタシたちが春辺りに出会ってから、結構経《た》ったんだなと思い知らされた。

友達じゃないのに、長い付き合いになろうとしている。

さすがに卒業したら疎遠になるだろうけど……今はメッセージアプリで簡単に連絡が取れるし、案外縁って切れないのかもとか思ってしまう。

ルルがツボとか売りつけてきたらどうしよう、的な。いや、そのくらいならなんとか退けられるだろうけど。

「私は……漫画家とは言わなくても、デザインを考えたりなどの近しい職に就きたいとは考えています。大学も、その系統を目指すつもりです」

「なるほど……でも、両親とは大丈夫なの？」

「大丈夫じゃないので、説得が必要です」

「だ、大丈夫じゃないんだ」

「十何年もある確執が、いきなりゼロになったりはしませんからね……それに、学力の高い女子校ではないと学費を出さないとも言われているので、色々と難しいです」

「そうなんだ。お金があったとしても、そういうしがらみとかで目指す道が険しいのは困るね」

「でも、なんとしてでも目指してやるっていう決意にもなりますけどね」

「それはエリムがすごいだけだよ……ね？」

「性格の悪さが根性に変わってるってワケね」

「……今回は褒め言葉だと受け取っておきましょう」

褒め言葉じゃないんだけどと思いつつ、それでいいならいいかと話を流した。

「そんなナナはどうするの？」

「アタシ？　アタシは大学に行ってからもモデルを続けて、その流れでインフルエンサーになろうと思ってる」

「インフルエンサーって、なろうと思ってなれるものなの？」

「そのために動画投稿とかもはじめてみようかなって思って、最近勉強中」

「そ、そうなんだ」

「動画投稿って、どうやってやるのか気になります」

「投稿自体は適当に動画撮って雑に編集すれば誰にでも出来るけど、問題はバズれるかどうかなんだよねー……」

「バズ……最近よく聞きます」

「それは知ってるんだ」

あ、漫研の人たちも使うだろうから知ってるのかな。

漫研で世間を知っていく子……ちょっと将来が気にはなるかもしれない。

定期的に連絡とっておこうかな。

「二人とも、得意分野も意欲もあってすごいなぁ」

ルルが、ちょっと悲しそうに言う。

どっちもないからこそ、余計に進路で心配になってしまうんだろう。

「せめて、意欲さえあれば良かったのに」

アタシはからかうつもりでそう言った。

「い、意欲自体はないことはないいんだよ!?　ただ、どう活かせばいいのか分からないっていうか……」

ルルは顔を真《ま》っ赤《か》にしながら、反論してくる。

月並みだけど、タコみたいで面白い。

「どう活かせばいいのかを考えることもまた、意欲に繋《つな》がってくるんじゃないですか？」

「そ、そんなの堂々巡りだよ！」

「まぁ、頑張るしかないっていうかね……」

頑張るしかないって何!?とルルはわーわーと騒ぎ始めたが、正直構っている余裕はない。

からかおうとしなければ良かったと若干後悔しながら、はいはいと相槌だけ打つ。

今のアタシの一番の悩みは、とあるイケメンにまつわることだから……それどころじゃない！

そう思っていたら読モの撮影の時間が近付いてきたので、二人をあしらってから急いで学校を後にするのであった。

今日の撮影では、ハートマークが浮かび上がりませんように……！

# あとがき

はじめましての方ははじめまして。

お久しぶりの方はお久しぶりです。

城崎《しろさき》と申します。

今回は『ベノム　求愛性少女症候群4』を読んでいただき、本当にありがとうございます。

これから読まれる方は、何卒《なにとぞ》よろしくお願いいたします。


三巻から四巻の刊行まで、長らくお待たせして申し訳ありません。

また、刊行に関わっている方々には大変ご迷惑をおかけいたしております。

いつもいつも申し訳ありません。申し訳ありませんしか私の何も入っていない脳みそでは言えません……。

こんな私が本を世に出せているということは本当に読者の方々はもちろん、関わっていただいているすべての方のおかげです。

ありがとうございます。

今回はあとがきに四ページもいただけることになったので、楽しくなるような内容を書きたいと思います！

四ページあとがき！　実績解除！

私はあとがきから読む派なのですが、今回は本編を読んでいただいてから読んでもらうあとがきを書きたいと思います。

ご了承いただけますと幸いです。

今作は大まかに説明すると、ナナが男装執事喫茶にハマって色々してたら、ルルの周辺もエリムの周辺も動いていたよという話になっております。

特にエリムの周辺は大きく動いているので、次巻があればいいなと考えておりますが分かりません。彼女たちが平和に暮らしましたってなるなら、それはそれでいいと思っています。ただハッピーエンドがいいです。

それとコンカフェという存在があまり身近ではないのでうまく書けているか不安ですがなんかこう、雰囲気を感じ取っていただけますと幸いです。

ナナが男装執事喫茶にハマるというくだりは、アイドルにハマるという別案と悩みました。

しかし、本編を読む分にはいい感じに当てはまっていると思うので、男装執事で良かったと考えています。

偽物は時として本物を上回るということで、ある意味で男性にハマるより沼が深いかもしれませんね。

まぁでも、ナナならどんな沼においても強く生きていけると思うので、むしろハマるものがあって良かったんじゃないかと思います。

でも裏のアカウントを消したところが終わりではなくて、むしろスタートだと思っているので、ナナのこれからも描ければ描きたいなとは思っています。

これも分からないので、私の想像だけを膨らませて待機しておきたいと思います。

想像を上手《うま》く形に出来るようになれるように、本当に精進していきます。

毎回書いているのでそろそろ本当にどうにかなりたいです。

それでは謝辞を。

かいりきベアさん、のうさん、担当のMさん、そしてこの本に関わっていただいたすべての方に感謝を申し上げます。本当にいつもありがとうございます。
また機会がありましたら、何卒《なにとぞ》よろしくお願いいたします。

MF文庫J

# ベノム4
## 求愛性少女症候群


2023年10月25日　初版発行

| | |
|---|---|
| 著者 | 城崎 |
| 原作・監修 | かいりきベア |
| 発行者 | 山下直久 |
| 発行 | 株式会社 KADOKAWA<br>〒102-8177 東京都千代田区富士見 2-13-3<br>0570-002-301（ナビダイヤル） |
| 印刷 | 株式会社広済堂ネクスト |
| 製本 | 株式会社広済堂ネクスト |




Printed in Japan　ISBN 978-4-04-682990-0 C0193





【 ファンレター、作品のご感想をお待ちしています 】
〒102-0071 東京都千代田区富士見2-13-12
株式会社KADOKAWA　MF文庫J編集部気付「城崎先生」係　「のう先生」係　「かいりきベア先生」係

優等生《エリート》・綾瀬咲のライバル・七瀬レナ
破天荒な彼女の青春を描いた
『グッバイ宣言』好評発売中！
グッバイ宣言
コミカライズも
月刊コミック電撃大王にて
好評連載中！

『#コンパス 戦闘摂理解析システム』
大人気ゲームのスピンオフ小説 好評発売中
#コンパス 戦闘摂理解析システム スピンオフ
アルカリレットウセイ
#COMPASS [Combat Providence AnalysiS System]
SPIN OFF
コミカライズも
月刊コミックジーンで好評連載中！